落語魅捨理《ミステリ》全集

坊主の企み

星海社

無門亭無舌

落語魅捨理《ミステリ》全集

坊主の企み

無門亭無舌

著

目次

装丁　坂野公一（welle design）
装画　磯良一

首《くび》屋《や》斬《ざん》首《しゅ》の怪《かい》

落語魅捨理全集一

えー、江戸《えど》二百六十年の天下泰平とか申しまして、それ以前の戦国の世とは違って、武士とても、普段は、めったに刀を抜くこともなく、仇討《あだう》ちやら斬首《ざんしゅ》の刑《けい》以外で人を斬《き》り殺すなどというのも、そうそうはございません。あの元禄《げんろく》最大のテロ集団の大事件――『忠臣蔵《ちゅうしんぐら》』にしても、赤穂浪士四十七士《あこうろうししじゅうしちし》のうち、人斬りの経験があるのは、かの堀部安兵衛《ほりべやすべえ》とあと一人だけだったとか。――まあ、そんな体たらくで、吉良邸《きらてい》に待ち受けていた上杉《うえすぎ》家《け》より派遣されし屈強の剣客《けんかく》二百余名に打ち勝ったというのですから、これは天晴《あっぱ》れ至極なものではありますが、それはまた別の話……。

ところで、現代のアメリカ社会の有様でもご存じの通り、銃《じゅう》を持てば撃《う》ちたくなるし、かたや日本においても、刀を持てば斬ってみたくなるというのが、人間の恐ろしくも抜きがたき性《さが》というものでもございましょう。

泰平の世とされる江戸時代でも末の頃となりますと、鳥羽伏見《とばふしみ》の戦いやらなにやらで、世の中騒然となってまいりまして、それまで暇《ひま》を持て余していた旗本の次男、三男あたりの厄介者でも、いざという時のためにと、刀も自然と良いものを求めたのだそうでございます。ところが、そんな風に高価な業物《わざもの》を買い求めるにしても、切れ味を確かめなければ安心できない。そして、それを試すには、胴試《どうだめ》しが一番……つまり生身の人間を斬って実験してみるのが最上の策だと、とんでもなくサイコな思考に走る者も出てまいります。

そんな病的な性《さが》に取り憑《つ》かれた高位の侍《さむらい》が、夜な夜な、暗く寂しい辻《つじ》で待ち受けて、罪もないホームレスや通りがかりの町人を斬り捨てたりする、所謂《いわゆる》《辻斬り》という物騒な奴《やつ》が江戸の末頃には少なからず跋扈《ばっこ》していたのだとか。

本日は、そうした江戸時代のシリアル・サイコ・キラーにまつわる怪異談を一席……。

処《ところ》は芝高輪《しばたかなわ》の文福寺《ぶんぷくじ》の法堂。近くの自身番《じしんばん》に勤める半ちくの半竹《はんちく》と呼ばれる岡っ引きが住職の道絡師《どうらくし》と話し込んでおります。半竹という二つ名と同じ半ちくな下の名前は、実は、有名な神田《かんだ》三河町《みかわちょう》の半七《はんしち》親分にあやかったもの。ところが、捕物《とりもの》の腕前《うでまえ》のほうは半七親分の半分にも及ばないという中途半端なもので、いきおい、半ちくの半竹などと綽名《あだな》と名前が同じという、からかい半分の呼ばれ方をしているようなわけでして。

「きのうの晩……出たんですよ」と、緊迫した面持ちで半竹が申します。

「月が?」と呑気《のんき》そうに応える道絡師。

「違うって。昨晩は曇《くも》りで月なんぞ見えない暗闇《くらやみ》だったでしょ」

「じゃ、幽霊かなんかかい？」

「違う違う……いや、ある意味、それより恐ろしい……幽霊は恨みのある相手にだけ祟《たた》るんでしょうが、こっちは、罪もない人を殺す無体な奴——辻斬りを目撃したんでやす」

「ほう、辻斬りとは……確かに幽霊よりタチが悪いの」

「そうでしょ？　辻斬りは、なんたって太刀《たち》を振り回すからね……相当タチが悪いです」

「お前も、詰まらん落語の地口《じぐち》オチみたいの言っておらんで——話が先に進まんからな」

「へへ〜い。——あっしが御用向きの帰りで、鈴ヶ森《すずがもり》の刑場近くの、あの寂しい四つ辻に差し掛かると、柳《やなぎ》の木陰《こかげ》に怪しい奴が隠れるように佇《たたず》んでいるのを見つけましてね」

「どんな奴だ？　顔は見たか？」

「いえ。そいつは尖《とが》り頭のアレ——山岡頭巾《やまおかずきん》というやつを被った覆面《ふくめん》姿でして、月明かりがあったとしても顔は見えませんでした……」

「ふむ」とやぶ睨《にら》みの目を細める道絡師。「それで、その奴の正体の大半はわかるな……山岡頭巾は、大名や旗本などの位の高いお武家が私用で外出する時、顔を隠す目的で被るもの……」

「はいはい、あっしもそう思ったもんだから、うかつに手出しはできねえな、と」

「それで、その山岡頭巾が斬ったのか？」

「へえ、ちょうど品川《しながわ》の岡場所あたりから帰ってきたみたいな、一杯機嫌《きげん》で鼻唄かなんか唄ってる通りがかりの町人者が呼び止められて……」

そこで半竹は芝居がかった口調で場面を再現します。

「柳の陰から、ぬうと現れた山岡頭巾に驚いた町人が、提灯《ちょうちん》を取り落とし、

『な、何ですか、いきなり。お武家様、びっくりするじゃありませんか』

山岡頭巾のほうは、ものも言わずに、通せんぼ。それを見た町人がはっとして、

『畜生、出やがったなっ』

山岡頭巾がくぐもった声で、

『月が？』

『べら棒《ぼう》め、すっ惚《とぼ》けんな。その豪勢な身なりは物取りの類《たぐい》じゃあるめえ、顔を隠した侍の……辻斬りだろうっ』

山岡頭巾がくぐもった声で、

『闇夜でも、この大小は見えるようだな』

『なにぃ？　大小って……二本差しが怖くて焼き豆腐《どうふ》が食えるかってんだ。こちとら、食い物屋稼業《かぎょう》で、毎日、気の利いた鰻《うなぎ》を包丁で捌《さば》いて、串刺《くしざ》しにしてるんだ。人斬り包丁なんぞは、怖くはねえよ』

『人斬り包丁だと？　刀は武士の魂《たましい》、愚弄《ぐろう》する奴は許さんぞ。手討ちにしてくれる』

と言いながら、人斬り包丁をすらりと抜きます。

『この一振り、包丁とは比べ物にならぬ、名刀じゃ。念仏か題目《だいもく》でも唱えたらよかろう……』

『うぬぁ試し斬りか。畜生、こちとら毎日魚ぁ捌いて殺生《せっしょう》してるんだ。その度に念仏、お題目唱えてたら切りがねえや……さあ、斬れるもんなら斬ってみやがれ。首が飛んでも動いてみせまさぁ！』」

そこで聞いていた道絡師が、「ふうむ」と唸《うな》って口を挟みます。

「首が飛んでも、動いてみせると言ったのか……そりゃ『東海道四谷怪談《とうかいどうよつやかいだん》』の中の科白《せりふ》じゃないか……その町人、なかなかの者のようじゃの。——それで、どうなった？」

「それが……」半竹の顔が俄《にわ》かに蒼褪《あおざ》める。「本当に、その通りになったんで……」

「なにっ？」

「山岡頭巾の刃が横薙《よこな》ぎに一閃《いっせん》、町人の首が消えちまったんで」

「その辻斬り、一刀で首を刎《は》ねたのか？」

「へえ……その刎ねられた生首が横っ滑《すべ》りに落ちて、町人の手の上に、どさりと載り——」

「ほほう、それで？」

「さすがの強気の町人も、しばし茫然《ぼうぜん》……」

「首を刎ねられて『茫然』もなにもなかろうて」

「それから、すぐ我に返った町人が、自分の首を提灯みたいにひっ提《さ》げて、韋駄天《いだてん》走りの一目散《いちもくさん》……凄《すご》い速さで逃げ出しちまったんで」

「そりゃ、ほんとか？　まさか、あんたのほうも飲んでたというんじゃあるまいな？」

「滅相《めっそう》もない。あっしは素面《しらふ》でしたよ。御用向きの帰り道だったたって言ってるじゃないですか」

「で、辻斬りはどうした？」

「そっちも、しばらく茫然自失の態《てい》でやんしたが、『ふん、狐狸《こり》の仕業か……』と吐《は》き捨てるように呟《つぶや》くと、刀を収めて、帰途につきました」

「そ奴を追いかけたのか？」

「いえ、辻を曲がったところに駕籠《かご》――と言うより高位のお侍が使う御乗物が待っていて、それに乗って早々と退散……さすがのあっしも疲れ果てて、その乗物を追いかけるまではしなかったんでやんすが……」

「そ奴の素性がわかれば、お前さんも手柄になったかもしれんかったのにな」

「いやあ、あっしみたいな岡っ引き風情《ふぜい》じゃあ、高位のお武家は手に余りますよ。――それより、首を刎ねられて逃げ出した奴のほうが、気に掛かりましてね。やっぱり、山岡頭巾の辻斬りが言ったように、狸《たぬき》の仕業なんでしょうか？」

「二つの理由で、それは違うな」

「二つの理由？　……どうしてわかります？」

忖度《そんたく》・斟酌《しんしゃく》をする時の癖《くせ》で、やぶ睨みの目を細める道絡師。

「第一に、芝高輪から鈴ヶ森にかけては、野犬が仰山《ぎょうさん》おる。狸の天敵と言えば犬じゃから、まず、そのあたりに狸が出没するはずがない」

「そう言われりゃ、そうですが……首なしで走るなんて、狸が化かしてるとしか……」

「そこのところが第二の理由じゃ——そんな風に人を化かすほどの力量を持つ狸は江戸にはおらん。いるとすれば、伊予松山《いよまつやま》の八百八狸《はっぴゃくやだぬき》、佐渡《さど》の団三郎狸《だんざぶろうだぬき》、四国讃岐《しこくさぬき》の禿狸《はげだぬき》の三種ぐらいのものじゃろう」

半竹が感心したように、

「ご住職の博識は存じ上げておりやしたから、こうしてご相談に参ったわけですが、そんなことまでご存じとは……」

「ふむ」道絡師は自慢げに小鼻を膨《ふく》らませて、「神獣学者《しんじゅう》の泰斗《たいと》——円谷英斎《つぶらやえいさい》先生の『妖獣怪獣図会』の狐狸の項に書いてある。……まあ、狸だけでなく、わしは、大八車《だいはちぐるま》の轍跡《てっせき》百五十種にも通じておるのだが」

「へえ、そんな役に立たないようなことまで……」

道絡師、途端に機嫌を損ねて、

「お前ねえ、捕物稼業をしてるのなら、そういう些末《さまつ》と見える知識も疎《おろそ》かにしちゃいけないのっ」

「そんなもんですかねえ?」

「お前が敬愛している神田三河町の色男の親分さんは、狸異聞《いぶん》の類まではご存じないだろうがな、南町奉行所で例繰方《れいくりかた》をしている仙波阿古十郎《せんばあこじゅうろう》殿のような稀代究理《きだいきゅうり》の捕物才人なら、ご存じだと思うぞ」

「はあ、そうですか……ともかく、狸の仕業でないとすると、この怪異の説明は？」

「頭の中で、ぼんやり引っ掛かりはあるのだが、まだ……わからん」とあっさり答えたが、急に機嫌を直したように、「じゃが、お前の話を聞いたおかげで、ちいとばかり、いいことを思いついた」

半竹は溜息《ためいき》をつきながら、

「ご住職の思いつく『いいこと』ってのは、たいていは『悪いこと』か『銭儲《ぜにもう》け』なんだからなぁ……」

「かっかっか。まあええ。ところで、半ちくの。もののついでだ、これからその奇怪な辻斬りの現場というのを検分してみようと思うんじゃがな。昨日の今日のことだ、事不思議を解く手掛かりが、何か残されているやもしれん」

「へへい、お安い御用で。早速、ご案内しやすよ」

――てんで、坊さんと岡っ引きの珍妙なコンビが、鈴ヶ森刑場近くの四つ辻へ赴《おもむ》きます。刻《とき》は丑三《うしみ》つならぬ、昼の八つ。夏のお天道様《てんとうさま》がギラギラ輝く隠れもしない白日の下、四つ辻の周辺の地面も、隅々までよく見渡せるのですが、これといったものは……犬の足跡すら見当たりません。

「なんにも見つかりませんね」と半ちくの半竹。

道絡師は禿頭に滲《にじ》む汗の玉を拭《ぬぐ》いながら、

「いや、手掛かりはあるよ」

「へ？」

「言い直せば、手掛かりがないというのが、手掛かりということなのかも」

「そう言われても、かえって、なんのことやら、さっぱりわかりませんが……」

「なぜ、現場に血の跡が残っておらん？」

「あ？」

「首が刎ねられたのなら、仰山な血が噴き出したことじゃろう。昨日から雨は降っておらんから、洗い流されたってことはないだろうし、地面や草葉に一滴の血の跡らしきものが見えないというのはおかしい。お前さん、昨夜辻斬りを目撃した時、血は見なかったのか？」

半竹は首をかしげて、

「そう言われれば……暗かったので確証はないですが……血がぶぁーってのを見たわけじゃなかったかも……」

道絡師は頷《うなず》きながら、

「ふむ、さらに指摘するならば、辻斬りが隠れていたという柳の下周辺も――」

「そのあたりにも、なにか？」

「あるべきものがない」

「それは――？」

「名刀自慢の試し斬りなら、斬った後、必ず大切な刀身についた血を懐紙《かいし》で拭うはず……しかし、そういったものも見当たらん。昨日来、雨もなかったが風らしい風もなかった……遠くに吹き飛ばされたということでもあるまい。再度訊《き》くが、お前さん、辻斬りが懐紙を使うところを見なかったか？」

「へえ……えーっと……うん、辻斬りは、首無しが逃げ去るのを茫然と見送って……『狐狸の仕業か……』と、捨て科白のようなのを吐いた後……ああ、刀身を不審そうに見てから……懐紙を使わずそのまま刀を鞘《さや》に収めましたっけ」

「そうか、この事不思議、ますます面妖な様相を呈《てい》してきたの」

と、なぜか嬉しげに呟く究理道楽の徒《と》――道絡師でございました。

それから三ヶ月後。処は芝高輪のお馴染《なじ》み雨森《あまもり》貧乏長屋。六朗《ろくろう》という男が不貞腐《ふてくさ》れた様子で胡坐《あぐら》をかいて、女房のお葉《よう》のいつもの愚痴《ぐち》を聞いております。

「あんた、ほんとにもう、お金ないんだよ。あしたの釜《かま》の蓋《ふた》も開かないという始末よ」

「しょうがねえだろっ、このウチにゃあ、もう売り払うもんもないし……」

「この間、あたしが昔の仲間の手を借りて、骨董《こっとう》道楽の坊さんからせしめた七両二分は――」

六朗は骰子《さいころ》を振る手振りをして、「これで、消えちまった」

「ん、もうつ。悪い癖だよ。暇さえありゃあ、働きもせず小博奕《こばくち》ばっかり。金魚売りの商いのほうは、どうしたんだよぅ？」

「あ、あれはしくじった……金魚を鯉《こい》の稚魚《ちぎょ》だって言いくるめて世間知らずのお武家に高く売りつけたのが、いつまでも成長しないんで、バレちまって……以来、悪評サクサク、問屋《とんや》や仲買筋《なかがいすじ》も、もうブツは回してくれねえ」

「呆《あき》れるほど頓痴気《とんちき》な真似《まね》してんだねぇ」

「まあ、魚を扱うのが俺の取柄《とりえ》なんだが――」

「嘘をお言いっ！　金魚の前の鰻割きの職人をしくじったのだって、あんたが鰻をまともに扱えないから……」

「お、俺じゃなくとも、あんなぬらぬらしたもの、どう扱えばいいってんだよ」

「親方が、鰻の襟首《えりくび》を摑《つか》んで、首をタンと刎ねればいいんだって教えてくれたじゃないか」

「そうは言うがな、鰻なんてのは、頭から胴、その先の尻尾《しっぽ》まで、ず〜っと同じ幅じゃねえか。いったい、どこが襟首なんだか、わかりゃしねえ」

「そんな屁理屈《へりくつ》ばっかり言って、素直に修業しないから……親方にも遂に見放されて……

あの野郎に鰻扱わせると、外へ出てって帰ってこねえからって――」

「しょうがねえだろっ。鰻を割こうと思って摑むと、ぬるりと先へ逃げようとする、その先を摑むと、またぬるりと先へ行く、その先を摑もうとすると、敵はまた先へぬるりと抜ける。逃がすものかと、手がぬるりの先を追いかけると、自然と足のほうも一歩前へ出る。それで、またぬるりと逃げて、足のほうもまた一歩前へ出ると……」

女房は深い溜息をつきながら、

「その、ぬるり、一歩前進が、ずーっと続いて、あんた、板場から店へ行き、その店も出て、町内を一周、それでも止まらず、とうとう神田川《かんだがわ》まで行っちまって――」

「せっかくだから、うなさん、放流してきた」

「馬鹿《ばか》っ、それで客のほうは、注文してから半刻、一刻経っても、鰻どころか、キュウリの新香《しんこ》しか出てこねえとは、俺らは河童《かっぱ》じゃねえんだ――とか怒鳴《どな》って帰っちまって、さすがの親方も、鰻みたいに、あんたの首を切らざるを得なくなった……」

六朗のほうも溜息をつきながら、

「俺もついてなかった。職をしくじった上に、そのあとは妙な病気がまたぶり返して――」

「そうねえ」辛辣《しんらつ》だった女房の口調が少し和《やわ》らいで、「あの病気には、あたしも同情するわ」

「ううむ……散々鰻を殺生した呪いの病だったのかなぁ……でも、今は動けるんだから、今日明日のおまんまの心配をしなきゃなんねえ……」

「そうだよ。何かで銭を頂戴《ちょうだい》しなけりゃ釜の蓋も開きゃしない……」

「おめえの仲間には、もう、アレ頼めねえのか？」

「駄目だね。七両二分と引き換えに、もう人質《ひとじち》になっちまってて、いまだ逃げることも儘《まま》ならないようなんだから、もう申し訳なくって」

「おめえの貰《もら》ってきてる内職は？」

「傘張《かさは》りの内職かい？　あれだって、夏からの日照り続きで、全然注文がないし……」

その時、六朗さんが膝《ひざ》をポンッと叩いて、

「そうだっ」

「何か閃《ひらめ》いたのかい？」

「おうよ。傘張り内職と鰻割きの時の襟首摑みと金魚売りが結びついて――」

「落語の三題噺《さんだいばなし》じゃないんだよ」

「まあ、聞け。俺、以前、両国《りょうごく》の見世物小屋を冷やかしに行った時に、面白《おもし》れぇ店を見つけたんだ」

「板っ切れに紅かなんか塗《ぬ》って、板に血で鼬《いたち》でございますってかい？」

「そんな見え透いたインチキじゃねえや。俺が見たのは――首屋」

「クビヤ？」肝《きも》の据《す》わった女房もさすがに驚いて、「クビって生首の首のこと？」

「そう……だが、ナマじゃあねえ、作り物――張り子細工の首を売ってたんだ」

「へえ、気味悪い」

「いやいや、刑場のさらし首を売ろうってんじゃねえんだ。売れ筋なのは、名のある花魁《おいらん》とか売れっ妓芸者《こげいしゃ》の首。歌舞伎《かぶき》の人気女形《おやま》の首なんてえのも人気商品だったな」

「ふうん、誰が買うんだい、そんなもん？」

「そりゃ、醜女《しこめ》、ブ男の皆さんが、我も我もと買い求め……」

「買ってどうする？」

「さあ……」と、やや当惑気味の六朗さん。「よくわかんねえけど、被ったりして悦《え》つに入るってんじゃねえの？　禿で年寄りの噺家の首は全然売れてなかったみたいだし」

——と、現代美容整形の先駆けのような、奇特な商売があったもんで。

女房が呆れ顔で旦那の考えに応じます。

「なんだか馬鹿ばかしいみたいだけど……あんた、その首屋をやろうってえ魂胆《こんたん》なのかい？」

「いや、店を構えるのは無理だから、金魚売りの要領で、桶《おけ》に入れたのを担《かつ》いで売り歩くんだ」

「で、売る首はどうする？」

「傘張り内職の紙や竹や糊《のり》があるじゃねえか。それで、ちゃちゃっと張り子の細工をすりゃあ、元手いらずで銭が儲かる」

「あたし、折り紙もうまくできない不器用者だから……」

「俺も手伝って作るからさあ……とりあえず、二、三個ばかり首でっち上げて、売りに行くぞぅ……えー、キンギョエ〜キンギョ――じゃなかった、クビィ〜、クビエ〜っと」

「ほんと、馬鹿だねえ……」


翌日の昼下がり。処は一万石に少し欠けるものの江戸でも三本から五本の指には入ろうという有数な旗本である辻桐一刀《つじぎりいっとう》の屋敷庭先。謁見《えっけん》を許された道絡師、白砂の上で平身低頭。その砂に擦《こす》り付けんばかりに伏《ふ》した頭の前には、何やら上等な、うこん更紗《さらさ》の布に包まれた三尺ほどの細長い桐の箱が――。

縁側の向こうで緋色繻珍《ひいろしゅちん》の褥《しとね》にご着座、脇息《きょうそく》に肘《ひじ》を預けた辻桐のお殿様が、機嫌も麗《うるわ》しく側用人《そばようにん》を差し置いて、道絡師に直接声をかけます。

「これ、道絡……和尚《おしょう》、苦しゅうない。面《おもて》を上げい」

権高《けんだか》な顔、物腰の割には、調子の外れた婦女子のような甲高《かんだか》い声でございます。

「へへーい」

「久方ぶりにここを訪れたのは、他事でもなかろう。――その包みの中は太刀箱だな？」

「ははぁ、いつもながらのご明察、感服至極にございます」

「ふむ、しかし、近頃は、とんと、よい出物がないからのう」と気のなさそうなお殿様。

「例の童子切《どうじぎり》でも見せてくれるというなら話は別じゃが」

「それは……滅相もない。童子切安綱《やすつな》は現在、津山松平家《つやままつだいらけ》門外不出の秘刀となっておりまして……とても、手前どもの手の及ぶところではございません」

そこで、わざと一息間を置いて、

「しかしながら……天下五剣の内ではございませんが、きょうはそれらに比肩《ひけん》しうる逸品をお持ちしました……」

「ほう」

「胴田貫《どうたぬき》をば、これに――」

「おおっ」お殿様の目が途端に輝き、脇息から肘を浮かせて、思わず身を乗り出します。

「音に聞こえしあの剛刀《ごうとう》を……よくぞ持ってまいった」

「ご上覧いただけますか」

「当たり前ではないか。はよ、はよせい」

気が逸ったお殿様、立ち上がると、縁側まで駆け寄ります。おもむろに更紗の包みを開いた道絡師が太刀箱から刀を取り出すと、辻桐家譜代《ふだい》の側用人権太夫《ごんだゆう》に差し出し、それを押し頂いた権太夫がお殿様に献上いたします。

「おお……これが胴田貫か」

すかさず道絡師が蘊蓄《うんちく》を披瀝《ひれき》する段に――。

「九州は肥後《ひご》の胴田貫正国《まさくに》……拵《こしら》えから言上《ごんじょう》いたします……縁頭《ふちがしら》は鉄地に南蛮人図《なんばんじんず》。目貫《めぬき》は戎大黒天図《えびすだいこくてんず》。柄下地には大きな親粒《おやつぶ》を使用した白鮫《しろざめ》を使い、正絹《しょうけん》金茶色糸を蛇腹巻《じゃばらまき》にしてございます。鍔《つば》は宗典《むねのり》風の武者図。鞘は黒漆《くろうるし》で固めた鮫を研出した威風堂々《いふうどうどう》たるもの……」

「うむ、わかる、わかるぞ、大したものじゃ」

お殿様、何度も頷きながら、我慢しきれずに、刀を少しだけ抜いて刀身に目を落とします。そこへ追い打ちをかけるような道絡師の惹句《じゃっく》の連打が刀剣愛好家の心の鐘《かね》を叩きます。

「一見無骨と見える刀身の姿ではありますが、刃文と地の境の匂口締《においぐちしま》り、叢沸《むらにえ》がついた乱刃を焼き、その鋭利さをもって主だった剣客・斯界《しかい》からは賞賛されておりまする。胴田貫一派の作柄を無骨とするのは、一知半解の輩《やから》の妄言《もうげん》。その無骨と見える姿こそ、強靱《きょうじん》至極な剛刀と称される証かと……」

「うんうん、わかるぞ、もっと耳に気持ちええこと言ってちょうだい」

「えへん、お殿様、卒爾《そつじ》ながら、お涎《よだれ》が口端《くちは》に溢れておりまする……では続きを。本作、胴田貫の刀工一派の中でも随一と謳《うた》われる正国の作であり、刃文に関しては、互《ぐ》の目《め》乱れ、匂い絞まるも、刃味沈み心に切れの鋭さを感じさせるもの。身幅広く、重ね優しく、反り深く、使い勝手の良い寸に、切れ鋭き体配《たいはい》を見せております逸品……」

お殿様、恍惚《こうこつ》の表情で、

「使い勝手の良い寸に、切れ鋭き体配……益々もって心惹《ひ》かれる評言……して、実のところの切れ味は――」

「すでに、町田長太夫《まちだちょうだゆう》が実証を――」

またしても仰天するお殿様。

「なに！　あの試し斬りの達人が……」

「はい。あの童子切の時と同じ試技を――」

思わず固唾《かたず》を呑《の》む刀大好き人間のお殿様。

道絡師は時候の挨拶《あいさつ》でもするかのように、さらりと申します。

「童子切と同様、鈴ヶ森の刑場にて、罪人の遺体を六体重ねにし、一刀両断、胴田貫は――」

お殿様が裏返った声で応じます。

「――六体全部を切り抜き、刃は下の土壇台《どだんだい》にまで達したのだと？」

「さよう。切れ味を問われれば、童子切と同等かと」

それだけ聞き届けると間髪《かんはつ》を容《い》れず、

「いかほど遣わせばよい？」

「恐れながら……千両で」

「そんな安価でよいのか？　すぐ用意させる」

「ありがたき幸せ。恐悦至極に存じます。お殿様のような刀剣大通人に貰われれば、天下の剛刀にとって僥倖《ぎょうこう》とでも申すべきかと。骨董趣味の末席を汚す者として冥利《みょうり》に尽きまする」

と、頭を下げながら、心の中でほくそ笑む道絡師。

実は今しがた上奏した刀を巡る鑑定の四割ほどは嘘、未確認、口から出まかせの羅列《られつ》。数日前に素性の怪しい女が刀を売りたいと道絡師の許《もと》を訪れました。持参した刀を鑑定したところ、女の言う胴田貫とするには鑑定上いくつかの疑義がある。ところが、急ぎの様子の女は代金は七両二分でいいと言う。迷った挙句、道絡師は、言い値のはした金を渡して買うことにいたしました。そもそも本物の胴田貫がそんなに安価なわけはないのでございますが、これが、たとえ天下の剛刀の贋物《にせもの》だとしても、刀自体の拵えは確かなものなので、七両程度なら、ちょいと小博奕を楽しんだのだと思えば、別に懐《ふところ》が痛むというほどのことではない。洒落《しゃれ》のつもりで、これを床の間に置いて無知な蒐集《しゅうしゅう》仲間をからかうのも面白かろうとその時は考えたのでございました。

しかし、例の岡っ引き半竹の面妖な辻斬り目撃談を聞いて、道絡師の考えは急転いたします。近頃、旗本からの刀剣所望の引き立てが非常に多い。彼らの大半は熱心な刀剣好きではあるのだが、不勉強な半可通《はんかつう》も多い。そこで、刀狂いにかけては、江戸でも無比、しかして半可通ぶりでも斯界の失笑を買っている旗本の辻桐一刀に照準を合わせ、お得意の舌先三寸で丸め込み、高く売りつけてやろうとよからぬ算段の上、こうして乗り込んできたという次第なのでございました。

まんまと道絡師に乗せられて千両箱を用意させたお殿様でしたが、その間も、目は虚《うつ》ろ、放心の態で、掌中《しょうちゅう》の刀を凝視《ぎょうし》しながら、譫言《うわごと》のように呟きます。

「町田長太夫の六体重ね切りの試技は信ずるに足る……じゃが、これほどの剛刀の切れ味、是《ぜ》が非《ひ》でも自らの手で試してみるのでなければ……千々に乱れし我が心が……どうにも治まらん……ならば、今宵《こよい》辺り出かけて試し――」

それを聞いて仰天した側用人の権太夫が、弾《はじ》かれたように反応して即座に口を挟みます。

「分を弁《わきま》えずに、ご注進いたします――殿！　それ以上のお言葉、どうか、お控えくださいますようにっ。外聞《がいぶん》もございますから」

この主従の不穏な遣り取りに、道絡師、やぶ睨みの目を意味ありげに細めます。

お殿様、家臣の戒飭《かいちょく》の言に、はっと我に返ったような表情に戻って、

「あ、いや、試しとは……釣りのことじゃ。新しい釣り竿《ざお》を試しに、今宵夜釣りでもしに参ろうかと。な……」

「御意にございます」

その時、いささかおかしくなったその場の気配を吹き飛ばすかのような、威勢のいい物売りらしき声が庭を囲む塀《へい》の向こうから聞こえてまいります。

「えー、キンギョエ……じゃなかった、クビ～、クビエエ～クビッ」

「なんじゃ、あれは?」と興味を惹かれるお殿様。

「物売りかと」と側用人が答えます。

「ん……クビ……首とか聞こえるが、首を商っておるのか?」

「まさか……クビではなくクリ……栗売《くりう》りの行商でございましょう」

「いや、首じゃ」癇性《かんしょう》らしくぴしゃりと言うお殿様。「首を商っているに違いない。面白い。ここへ呼んでまいれ」

「御意っ」

そうして、呼び寄せられた首屋が、お殿様の前にまいります。貧乏を絵に描いたようなツギだらけの素袷《すあわせ》姿で平身低頭。その脇《わき》には、担いできた二つの桶に、風呂敷に包んだ物品が三つほど。早速側用人が問います。

「そのほう、本当に首を商っているのか?」

「へい。仰《おお》せの通りでございます」

「その包みの中が首か?」

「へい」

お殿様が顎《あご》をしゃくって、包みを開けるよう指示をします。

「開いて中身をお殿様に御覧に入れろ」

首屋が包みを開いて見せます。

そうして現れた首を目にした一同に失望と嘲笑《ちょうしょう》の空気が漂《ただよ》います。側用人が呆れたように申します。

「なんじゃ、案の定の、張り子の細工物か。馬鹿ばかしい……それにしても不細工じゃな。——その手前にある色紙の簪《かんざし》みたいなのをごてっと挿した醜悪《しゅうあく》なる首はなにを表現しておるのだ？」

「それは花魁で……吉原三浦屋海苔巻《よしわらみうらやのりまき》さんでございます」

「干からびた狒々《ひひ》のようじゃの……隣の島田髷《しまだまげ》の、やけに白い首は？」

「歌舞伎の人気女形、成胡麻屋《なるごまや》の梅橋《うめはし》さん……のつもりで」

「溶けかかった雪達磨《ゆきだるま》じゃな。その三つ目のは——お、その禿爺《はげじじい》の首はわかりやすい……噺家の中風亭猿雀《ちゅうふうていえんじゃく》のものじゃな？」

「当たり——でございます」

「ナゾナゾやってるんじゃないんだから」

「禿爺の噺家みたいなのは、顔の細工が簡単なもので、丸いの作ってぽちぽちっと穴開けるだけでできますんで、つい作ってしまいましたが、売れ筋じゃありませんです」

「ますます馬鹿ばかしい」

しかし、好奇心に駆られたお殿様が、そこで直接口を出してまいります。

「おい、町人、即答を許す。お前は、なにゆえに、首なぞを売り歩くのじゃ？」

「へい、もとは鰻割きの職人をしておりましたが、しくじりまして、その後の金魚の行商もうまくいかず、もう売るものもなくなり、明日の釜の蓋も開かないと——そのような始末になりましたんで……」

「ん？　金魚？　どこか顔に見覚えがあると思ったが、お前、以前に、鯉の稚魚と偽って金魚を売りつけた輩じゃな」

「その節はお買い上げ、ありがとう存じます」と、しれっとした顔で言う首屋。「その後、アレ、立派な鯉に成長しましたか？」

「——するわけないだろ。ふん、不敵な奴じゃ……」しかし、お殿様は他に何か意図があるのか、さほど腹を立てた様子もなく、話を戻して、「——して、それらの首をいかほどで商おうと言うのだ？」

「一首《いっしゅ》、七両二分で」

「一首って……和歌の遣り取りじゃないんだから。——それにしても高いな。それに、なんで、二分などという端数がつくのじゃ？」

そこで、そばで聞いていた道絡師が小声で口を挟みます。

「世間では、七両二分は、間男《まおとこ》の示談金の相場の額なのでございます」

お殿様が苛々《いらいら》しながら、

「だから、なんで間男の示談金と首の値段が同額なのじゃと訊いておるんだ」

「間男の示談金のことを下々は『首代』と呼びますので」

――と、ここでオチとしてもよろしいのでございますが、この噺、まだ、とんでもない続きがございます。

「七両二分は首代とな……なんじゃ、噺家のオチを聞かされているようじゃな。それにしても、そんな不細工な作り物に七両は法外じゃ」

「そうでございましょうか……」

「しかし、買ってみたい首というものもある……」

「え？　本当でございますか？」と驚く首屋。「どれをお買い上げで？」

「干からびた狒々や溶けた雪達磨はいらん」

そこでお殿様がとうとう本音を漏《も》らします。

「どうじゃ、首屋、細工物でない、本物の首を売らんか？」

「へ？」首屋は唖然《あぜん》として、自らの首をさすり、「首って……まさか、この首をでございますか？」

「そうじゃ。買いたいのはお前の首じゃ」お殿様の顔に本性の酷薄な笑みが現れます。「七両などとケチなことは言わず、十倍の七十両――それで、どうだ？」

即座に返答できずにいる首屋に酷薄なお殿様が追い打ちをかけます。

「どうせ首も回らないほどの貧乏をしているのなら、その役立たずの首と引き換えに大金を得るのも悪くはなかろう。金はお前の死後、家族に渡してやるから、さすれば、明日の釜の蓋も開くぞ……」

首屋は能面のような無表情で答えます。

「いや、代金は、家族でなく……あたしが、今ここでいただきます」

「ほう」お殿様、少し驚いて、「もう覚悟を決めたのか。町人風情にしては度胸があるの。――にしても、死んだら金を持っていても遣えんだろうに、家族に渡すという、わしの言葉が信じられんのか？」

突然首屋の能面が割れ、下から鬼のような怒りの形相《ぎょうそう》が現れます。

「ああ、信用できねえなっ、辻斬り殿様の言うことなんかよ！」

「な、なんと！」そこで首屋の顔をまじまじと見て、「あっ、お前の顔……見覚えがあると思っていたが、二度までも……会っておったのじゃな？」

「ああ、二度目の鈴ヶ森の辻では、頭巾に隠れてそちらの顔は見えなかったが、あのあと、御乗物の跡をつけて行って、辻斬り野郎の正体がこちらのお殿様だと当たりをつけていたんだ」

それを聞いた辻桐一刀は、間髪を容れず若党《わかとう》に命じて、首屋の両腕を後ろ手に押さえつけさせます。そうして首屋が身動きできなくなったのを見て取ると、

「なんじゃ、それを知ってここへまいったのは復讐《ふくしゅう》のつもりか？　しかし、その浅知恵が、

飛んで火にいる夏の虫……」

「俺は、なにも非《ひ》のない秋の無死《むし》だ」

「うぬ、またオチか。口の減らぬ奴。今度こそ手討ちにしてくれる」

「おっと、その前に金子を腹巻ん中に入れてくれろ。地獄《じごく》の沙汰《さた》も金次第って言うからな」

「ほう……よ、よかろう。おい、権太夫——」

と、首屋の啖呵《たんか》に気圧《けお》された殿様が側用人に命じて首屋の腹巻に小判をねじ込んでやります。

「これで、よかろう、さあ、手討ちにいたしてくれる」

辻桐一刀が剛刀胴田貫を抜き放つと、そばに控えた中間《ちゅうげん》が手慣れた様子で桶に汲んだ水を鍔際から切っ先までさーっとかけ回します。辻斬り殿様の辻桐一刀、ぴっと刀を水ぶるいさせると、おもむろに首屋の背後に回ります。まるでこれから散髪でもしようというような物腰で——。

「覚悟はよいか」

首屋は臆《おく》する様子もなく、

「へいー、どうせなら、首のここのところに切り取り線が描いてありますから、そこをすっぱりとやっておくんなさい——」

——てんで、切手じゃないんだからと、思わず突っ込みを入れたくなるふてぶてしさでございます。

「うぬ、この期《ご》に及んで、まだ戯言三昧《ざれごとざんまい》か、ええい案ずるな、きっちり切り取り線で首を刎ねたるわい」

「へへへっ、あっしのほうは、首が飛んでも動いてみせまさぁ……」

「ふん、元鰻屋らしい戯言を……鰻も生きのいいのは、首を刎ねてもびちびち動くからな。首を刎ねても動けると言うなら、その飛んだ首で、そこの石灯籠《いしどうろう》にでも噛《か》みついてみろ」

「石……ね。ようがす。斬り捨て御免の町人の意地で……刎ねられた首で石に噛みついて見せやしょう」

「笑止千万」と言うや否や、辻桐の「たっ！」という掛け声と共に剛刀の一閃が——。

さすがシリアル辻斬りサイコ・キラー、見事、切り取り線できっちり首屋の首を刎ねます。——しかし、ぽーんと飛んだその首が、宙でくるりと方向を変え、上方に浮き上がったかと思うと、あろうことか、辻桐の月代《さかやき》のあたりにガブリと噛みつきます。

「うぎゃー」と悲鳴を上げる辻桐。「約束が違うぞっ！　わしは石に噛みつけと言ったのに」

しかし、生首の執念は恐ろしく、ぎりぎり噛みついた歯の間からお殿様の血が滴《したた》ります。

しかし、生首のほうの切り口からは一滴も血が滴らぬという事不思議——。

不思議はそれだけではございません。辻桐が堪《たま》らずに生首目がけて胴田貫で斬りかかろうとすると、あーら不思議、剛刀が煙《けむり》のように消えてしまいます。

その間に辻桐の頭を食いちぎった生首が、昏倒《こんとう》した殿様から離れて宙に浮いたまま道絡師のほうを向いた瞬間――。

禅家《ぜんけ》の僧侶《そうりょ》が、すかさず懐から摑み出した不動明王《ふどうみょうおう》の魔除け札を生首の額にぴたりと貼《は》ります。――その途端、急に大人しくなった生首、ふらふらと胴体のほうへ戻り、その自分の生首を提灯のように提げた首無しの胴体は、身を翻《ひるがえ》して、庭の堀の埋門《うずみもん》から、韋駄天走りに逃げていきます。そして、なぜか、その走り去る首無し胴体を、尻尾を巻いて追いかける太った犬のような獣の姿が一匹――。

茫然と両者を見送った権太夫が道絡師に尋《たず》ねます。

「和尚、今の怪異は、いったい……？」

「ろくろ首――じゃろう」

「しかし、ろくろ首というのは、首が飛ぶんじゃなくて、伸びるんじゃなかったんですか？」

「ふむ、轆轤《ろくろ》首には二種あってな。首が伸びる轆轤首――これは、首を長くして他人を待つ――というような恨みを抱いた女、特に女郎などに多い」

「じゃ、首が離れて飛ぶほうは？」

「こちらは、同じろくろ首でも、中国由来で飛頭蛮《ひとうばん》とも呼ばれておる。この種のろくろ首は、首が胴体からすっぽり抜けて、自在に宙を飛び回る。初めから首が切れているので、首が飛んでも血が出ることはない」

「道理で、生首なのに血が出てなかったわけだ」

「うむ、拙僧も、以前、懇意《こんい》にしている岡っ引きから、辻斬りが首を刎ねても血が出なかったという目撃談を聞いた時、これは飛頭蛮絡《がら》みの事件かもしらんと当たりをつけたのじゃが。わしは以前、首が伸びるほうの轆轤首にも遭遇《そうぐう》しとるのだが、その時効力を発揮した不動明王の魔除け札を念のために持ってきておいて、よかったよ」

「首屋は妖怪だったので？」

「うーん、宙を飛んだりする妖力は使うが、生来の妖怪というより、男女を問わず発症する魚神の祟《たた》り病の類と見たほうが当たっておろう」

「魚神の祟り？」

「そう、わしら毎日魚の頭を刎ねて食うておるじゃろ。じゃが、殺生を重ねておきながら供養をすることもなく日々を過ごしてしまいがちじゃ。特に殺生の回数が度を越している魚屋、鰻屋などは、ごく稀《まれ》にだが、魚神に祟られて飛頭蛮と化してしまうのじゃ」

「それは怖い。直接捌くわけではないが、身共《みども》も魚は毎日食しておりますからな」

「他ではめったにやらないが、ウチの寺では、月に一回鰯《いわし》供養の祈禱《きとう》をしております」

「ほう、それは徳の高い行いをされていますな。……でも、鰻でなく鰯を？」

「まあ、魚類を代表して……ほれ、鰯の頭も信心から――と言うではないか」

「あ、それ、オチですか」

「う……そう取られても、仕方ないか」と、珍しく顔を赤らめる僧侶。

「あ、あたし、なにかマズい指摘しました？」

「いや、自らの口でオチを言うというのは……なんか、気恥ずかしいものじゃな……えへん、まあいい……ともかく飛頭蛮の怪異の実態については、京極堂東西《きょうごくどうとうざい》先生の著した『怪《かい》物輿論《ぶつよろん》』の巻之四に詳述されておるので、お勉強されるように」

「はあ。……それと、あの、殿が振るった時に消えた剛刀の怪異のほうは――」

――と、ふたりが話している間にも、頭を血だらけにして「見えない」刀を「見えない妖怪」相手に振り回す狂態を続け、あらぬことを喚《わめ》き散らしているお殿様を、若党や中間が押さえつけようと必死になっております。

「消えた刀……ありゃ、貴殿も最後に逃げていく姿をご覧になった通り、狸の仕業じゃよ」

「――ってことは、和尚がお持ちになった剛刀胴田貫は、狸が化けたものだったので？」

背徳の僧侶が慌てて、

「いや、あれを怪しい女が売りつけにきた時は、贋物か本物か半信半疑だったのじゃが、七両二分と安かったもので、まあいいかと買ったんだが、あの女も狸で刀は仲間の狸が化けたものかも――」

「その七両二分の化け狸を、あんた、殿に千両で売りつけたんか？」と呆れる権太夫。

「いや……半分くらいは本物かもしらんという鑑定だったからの。まあ、こういう骨董趣味というのは、半分博奕みたいなもんじゃからの」

「殿は博奕打ちではござらぬ」

「でも、辻斬りだったじゃないの」

ずばり指摘されて、思わずのけ反る側用人。道絡師が追い打ちをかけます。

「知ってたんでしょ、あんたも。この一件が公儀《こうぎ》にバレれば、それこそ殿様、最悪、打ち首ものですよ」と脅《おど》かす背徳の僧侶。「そこんとこは黙《だま》っといてやるからさあ……まあ、あの殿様の様子なら……乱心につき閉門蟄居《ちっきょ》ぐらいのところで済むだろうし、それなら、あんたらも引き続き雇われるだろうし、御身は安泰かと」

それから思い出したように付け加えます。

「あー、それから、刀の代金のほうは、手数料として百両は引かせてもらって、あとの九百は返すからね、それで手を打たんか？」

「はぁ……」と脱力したように肩を落とす側用人。

背徳の坊主のほうも浮かない顔になって、

「まあ、このへんの落としどころしかないぜ。こっちも騙《だま》されたんだから。あの刀を売りに来た女もやっぱり狸だったのかもしらんな。そんでもって、この展開からすると、あのろくろ首の首屋とは夫婦なんだろう。それにしても、江戸に、あれほどの化け力量の狸がいるとは知らんかった」

「ろくろ首と狸が江戸で夫婦になってたって、んなアホな……しかも、その狸が刀に化けてたなんて……」

「刀の銘《めい》が胴田貫だっただけに、狸の仕業と見抜いてしかるべきじゃったのかもな」

と、またオチを自ら口にして顔を赤らめる道絡師。

「えへん、まあ……世の中というものは、人の想像以上に驚異・怪異、そして頓痴気な真実に満ちているということじゃや。こりゃあ、『妖獣怪獣図会』に挙げられていた、伊予松山の八百八狸、佐渡の団三郎狸、四国讃岐の禿狸に、この度の奴を《江戸の胴狸》と命名して加え、日本化け狸四天王としてもよいかもしれんぞ」

「そういう駄洒落みたいなの……もうお腹一杯でどうでもいいんで、そろそろおしまいに——」

「いや、こちらにも、些細な疑問があるんじゃが」

「なんですか？」

「ふむ、あの、飛んだ生首が殿の頭に食いついた件……殿は、首を刎ねる前に、怨念《おんねん》を吐《と》露《ろ》した首屋に、『首を刎ねても動けると言うなら、その飛んだ首で、そこの石灯籠にでも嚙みついてみろ』と言うた。——あれは、わしの見るところ、殿の巧みな策略だったはずなんじゃが」

「策略？」

「ああ。処刑をする役人の心得などを書いた『刑場呪詛奇聞《けいじょうじゅそきぶん》』というのがあって、首を刎ねられる罪人が強い呪詛を持っている場合は、その怨嗟《えんさ》の気力を逸らすために、『それほどの怨念があるなら、石灯籠に嚙みついてみよ』と促すべし——との記述がある。首刎ねの好きだった殿様は、その処刑人の策を知っていて、ああいうことを言ったのじゃろう。しかるに、首屋の生首は、石灯籠でなく、真っ直ぐ殿様の頭に食いついた」

そこで長年側用人を務めてきた権太夫が深い溜息をつきながら応じます——。

「いや、生首の怨念は、やっぱり、石だと思って嚙みついたんですよ。殿は昔から悋気《りんき》の上に他人の言うことを聞かない石頭のご気性でございましたから……」

毒《どく》饅《まん》頭《じゅう》怖《こわ》い――推理の一問題

落語魅捨理全集二

えー、世の中、嘘というものにもいろいろございまして、必ずしも嘘が悪いものとばかりは決めつけられない場合がございます。喩《たと》えますれば、商人が口にする世辞・愛想、傾《けい》城《せい》の手練《てれん》手管《てくだ》、また、ありがたい仏法の中にも方便という嘘がございます。さらには、政治家の公約という嘘も……と、あ、いや、この嘘はいけませんですな。

さて、江戸《えど》の昔に、油井大拙《ゆいだいせつ》――幼名鶯吉《うそきち》――という名の、大変嘘のうまいご仁《じん》がおりました。ただし、彼のつく嘘というのは、決して悪意によるものではなく、まあ、他愛《たわい》ない――換言すれば知略・計略の類《たぐい》でして、若い頃の逸話に、このようなものがございました。

ある日、手習塾《てならいじゅく》の同窓仲間が集まって、歓談でもしようということになりました。

仕切り役の勘蔵《かんぞう》が口火を切ります。

「久し振りに幼馴染《おさななじみ》が集まったんだ。子供の頃の話でもしようじゃないか」

「おお、いいねえ」と留公《とめこう》が応じます。「酒肴《しゅこう》でも買ってくるか?」

「いや、駄目だ。きょうは取りあえずは茶話会なの」

「なんでい、いい大人が――」

「おい、大人なら少しは気を遣えよ。鷺吉が下戸《げこ》なの、おめえ知ってるだろ? 一人酒宴の蚊帳《かや》の外ってんじゃ、随分可哀相《かわいそう》じゃやねえか」

「ああ、そうか……それもそうだな。悪かったよ」

「駿河《するが》のいいお茶が入ってるから、まずはそれを楽しんで、興が乗ってきたら酒も出すからさ」

「おお、さすが、勘の字、昔から仕切りはあんたで間ちげえねえ」

てんで、甘露《かんろ》なお茶をいただきながらの歓談が始まります。

「……で、子供の頃の話って、何話すんだい?」と留公が訊《き》きます。

「そうさな」と仕切り役の勘蔵が答えます。「――虫が好かねえ話ってのはどうだ?」

「虫が好かねえ……?」

「うん、何が苦手かってこと……何だか知らねえが、虫が好かねえという、苦手だってものがあるじゃやねえか」

「ああ、あるある。虫の類と言えば……俺は、昔っから、蜘蛛《くも》が苦手だ。ちっこい蠅取《はえと》り蜘蛛が天井這《は》ってるだけで震えがくる。脚の数もさ、人間様どころか虫の仲間より多い八本てえのも気に食わねえし、あの網《あみ》みてえな蜘蛛の巣を見るだけでも鳥肌《とりはだ》が立つ」

「蜘蛛が嫌いとは……まあ、同じクモでも、空に始終浮かんでる雲じゃなくてよかったじゃねえか」

「よ、よしてくれよ。空の雲が巣を張ったり、糸吐《は》いたりなんて……考えただけでも胸が悪くなる」

「そこまで行きゃあ、宇宙大怪獣怒護羅《どごら》だよ」

「あ？　何のこと？」

「いや、ちょっと、文福寺《ぶんぶくじ》のご住職から聞きかじったオタク的蘊蓄《うんちく》を。――いや、話が先に進まないから、次行こう、庄助《しょうすけ》は、何が苦手だ？」

「俺は……足がないもの」

「幽霊か？」

「いや、幽霊は誰でもみんなが怖いわけだから、なぜか俺だけが虫が好かない――というのとは違うだろ。俺が苦手なのは……えーと、足がなくて、長〜いもの、な〜んだ？」

「おいおい、判《はん》じ物《もの》やってんのかい？　――わかったよ、蛇《へび》だろ？」

「そう。にょろにょろして、長くて足がない奴……毒蛇じゃなくても怖い。蛇全般が、どうも嫌だね」

「長くて、にょろにょろって……おめえ、ひょっとして、うどんや蕎麦《そば》とかも駄目なのか？」

「ああ、咽喉《のど》越しのにょろにょろが気持ち悪い」

「蕎麦うどんは、にょろにょろというより、つるつるだが……それが咽喉越しザラザラしてたら、そっちのが心持ちわりいわ。――次、健吾《けんご》は、どうよ?」

「俺は――庄助の逆で足が沢山あるのが苦手」

「ははあ、それでもって、やっぱりにょろにょろしてる――」

「そう」

「わかったよ、百足《むかで》、ゲジゲジの類が苦手だってんだろう?」

「当たりぃ。なぜか人より手足の数が多い奴が心持ち悪い」

「するってえと、庄助と同じ伝で、手足の多い奴……てえと、蛸《たこ》、烏賊《いか》なんかも駄目なの?」

「うん」

「可哀相に、それじゃ鮨《すし》なんかも駄目なクチ?」

「いや、烏賊は脚の――ゲソのネタが駄目なだけで、秋口の新烏賊の鮨なんてのは好む」

「なんだ、ずいぶん贅沢《ぜいたく》な、虫が好かねえ――だな」

「しかし――」と、留公が口を挟みます。「あれだな、みんなが苦手だの虫が好かねえってのは、やっぱり、人間より手足がうんと多いか少ないかってのばかりじゃねえか」

「いや」と勘蔵が返答します。「俺は四つ足でも駄目なのがある」

「ほう、四つ足ね……四つ足てえと、例えば、猫は魔性とか言うが、そこらあたりが苦手か?」

「いや、馬——」

「あら、馬が? でも、馬てえものは、外見は蜘蛛や百足なんぞと違って、まあ可愛いほうだし、人には懐《なつ》くし、祟《たた》ったりもしねえじゃねえか」

「う〜ん。そうなんだが、なぜか知らんが馬が苦手だ。いななく時に歯茎《はぐき》が見えたりすると、もう駄目……」

「ずいぶんと、こまけえ怖がり方だね、おい」

「ついでに馬の好物の人参《にんじん》も嫌い」

「坊主憎《にく》けりゃ袈裟《けさ》までも──ってやつかい？　しかし、手足の数はともかくとして、どうして、それぞれ苦手なものができちまったんだろうな？」

「お前ら、何も知らねえんだな」

と、それまでお茶を啜《すす》って、黙《だま》って話を聞いていた鷺吉が初めて口を出します。

「人それぞれ生来の苦手なものがあるというのには、それなりの理《ことわり》がある」

その言い草を聞いた留公がむっとして、

「おう、ちいと手習塾で勉学ができたからって、偉《えら》そうに言うじゃねえか。──理とやらがあるというのなら、お前、それを説明できるのけ？」

「ああ、できる。お前ら、胞衣《えな》──ってのを知ってるか？」

「は？　エエナ？　近頃の気分を訊かれりゃ……まあ、ええわな」

「嫌だねえ、教養のない人てえものは。エエナじゃなくて、胞衣。——ほら、おっかさんの腹ん中でさ、胎児《たいじ》を包んでいる膜とか胎盤《たいばん》とか臍《へそ》の緒《お》とかがあるだろう？　それらを纏《まと》めて胞衣と呼ぶんだ」

「それが、どうした？」

「母親が子供を産んだ後、その胞衣を地面に埋める」

「犬猫は食っちまうが」

「人間は高級な生き物だから食わないで埋めるのっ。——それで、胞衣が埋まっている上を最初に通ったものが、その子供の『虫が好かねえ』ものになるんだそうだ」

「へー、そうなのかい？」

「『諸般物忌《しょはんものい》み図会《ずえ》』に書いてある」

「けったいな本を、お勉強してるね」

「だから、留公、お前の胞衣の上を最初に通ったのは、蜘蛛だったんだろう」

「そ、そうなのか……じゃ、ほかの連中も……？」

「庄助の胞衣の上を最初ににょろにょろ這ったのは蛇で——」

「うどんじゃなくて？」と庄助が訊きます。

「うどんが這ったら、誰でも気色悪いわ」

「じゃ俺の場合は――」と健吾が申します。「胞衣の上を百足が這ったのだと?」

「そう」

「蛸じゃなくて?」

「ホント、お前てえものは面倒くさいねぇ。蛸だと言うなら、おっかさんが品川《しながわ》の海っぺりの砂浜へお前の胞衣を埋めたんだろうよ」

それを聞いた勘蔵が得心顔で頷《うなず》きます。

「なるほど……そう言われりゃ、こっちも心当たりがある。俺が産湯をつかったのは、確か高田馬場《たかだのばば》だったと、おっかさんから聞いた覚えがあるから――」

「――だろう? きっと馬場を出たお馬が、人参くわえながら、お前の臍の緒の上をパカパカ通ったんだ。虫が好かないとか言っても……理を知れば、なんと他愛ないことよのう」

と、したり顔で言う鷺吉に、周囲が反感を覚えます。

仕切り役の勘蔵が、鷺吉を問い質《ただ》します。

「お前、そうやって他人のこと笑っとるが、そう言うお前にも、苦手なもの、虫の好かないもの、怖いもの――が、あるんだろう?」

鷺吉はこともなげに、「ないよ」と答えます。

「嘘をつけ。人間、ひとつぐらい怖いものがあるはずだ」

「いや」鷺吉は不敵に笑いながら、「だいたい、お前ら、意気地《いくじ》がなさすぎる。留公の怖がる蜘蛛なんて、ちっとも怖かねえ。俺なんて、毎日、納豆《なっとう》ご飯に混ぜて食ってらあ」

「納豆に蜘蛛？」

「蜘蛛が糸吐くから、ちょうどいい練り具合になる」

「馬鹿言うな。じゃ、蛇はどうだ？」

「あんな、にょろにょろ、鰻《うなぎ》と変わらねえから、蒲焼《かばやき》にして食う……だが、まあ……白蛇のうどんてのは……さすがに心持ち悪くて食わねえが」

「口の減らねえ奴だ。じゃ、百足、ゲジゲジの類は？」

「佃煮《つくだに》にすると飯が進む」

「じゃ馬は？」

「貧乏人は知らんだろうが、馬肉は、桜肉と言って美食家は珍重するもんだ。人参もろとも鍋《なべ》にしちまうわ」

「いちいち言うことが腹立つ奴だ、酒も飲めねえで、何が美食家だ……」そこで勘蔵がはっとして、「——そうだ、鶯吉、おめえ、酒が飲めねえ……ってことは、酒が苦手ってことじゃねえのか？」

「それは……」と、絶句する鶯吉。

にやにやしながら留公も囃《はや》し立てるように申します。

「そうだ、そうだ。鶯吉の胞衣の上に親父さんが酒徳利《さかどっくり》を落としたのに、ちげえねえ」

「あはは、そうだそうだ」と他の者たちも囃し立てます。

顔を真っ赤にした鷺吉は歯嚙《はが》みしながら、

「そんなことは……ねえよ。俺の親父様は、下戸だったから酒なんぞ持ち歩くはずがねえ――」

「それじゃ、おめえの胞衣のご高説はワヤになっちまうぜ」

そう言われても、利口で物知りを自任している鷺吉は抗弁しようと致します。

「確かに俺は、酒は飲めんが、酒が怖いというわけじゃない。酒は、気狂い水と言って、頭に昇《のぼ》るから……俺は頭が鈍《にぶ》くなるのが嫌で飲まないだけだ」

留公が意地悪く言い返します。

「負け惜しみを言うな。――飲まないんじゃなくて、やっぱり、飲めねえんだろ。親父さんが下戸だと言うなら、その血を引いて、お前さんも元々飲めないだけ――」

「酒の話はもういいよっ」と、鷺吉がぴしゃりと言います。それから急に苦い顔になって、

「お前らが、そんなに俺の怖いものを知りたいのなら、しょうがねえ、白状するよ。俺の親父が胞衣の上に落としたのは、酒徳利じゃなくて、饅頭《まんじゅう》だった……」

「なに?」一同目が点になります。「マンジュウって――あの餡子《あんこ》のへえった?」

「ううっ」突然、鷺吉が胸を押さえて苦悶《くもん》の表情に。「餡子……なんて、聞いただけでも胸が悪くなる……お、俺が怖いのは……餡のたっぷりへえった饅頭で――」

「おいっ、どうした?」と勘蔵が訊きます。「顔色が随分悪いみてえだが——」

「うぐっ……饅頭のことが頭に浮かんだだけで、急に胸が悪くなってきて……嗚呼《ああ》……饅頭怖い……すまねえ、吐くといけねえから、隣の間で少し横にならしてくれんか?」

「それは構わねえが……よし、次の間には座布団《ざぶとん》がたんとあるから、それを敷いて、しばらく横んなってろ」

——てんで、鶯吉が這うようにして次の間に引っ込み、襖《ふすま》を閉めてしまいます。

その様子を見届けた留公が嬉しそうに申します。

「なんだ、利口ぶって、偉そうなこと言ったって、奴にも怖いもの、あるんじゃやねえか」

「そうだな」と勘蔵が応じます。「こっちが気を遣って、酒を遠慮しといてやったのに、他人を馬鹿にしたことばかり言って——」

「仲間の怖がるものは、どれも怖くねえって豪語《ごうご》しといて、饅頭怖いってオチは笑わしてくれるじゃないの——」と、そこではっとして、「おい、勘蔵、お前のとこに、アレねえのか?」

「アレって?」

「饅頭だよ」

「そう、饅頭。餡子の詰まったやつ——」

「ああ……えーと……うん、あるぞ。ちょうど、近所の内祝いで貰《もら》った——酒饅頭が五つぐれえ」

「おお、それ、いいね。饅頭の上に酒が付くとくりゃあ、倍満《ばいまん》上がりじゃねえか」

「ん？　バイマンて？」

「あ、まあ、考証みてえなことはどーでもいいじゃねえか。——いや、その酒饅頭をさ、寝ている鷺吉の枕元に置いとくのさ」

「ふむふむ」

「そうすりゃ、目が覚めて、それを見た鷺吉が仰天《ぎょうてん》して……」

「ああ、俺たちの枕元に百足や蜘蛛が出たのと同じように——」

「そう、酒が苦手なうえに饅頭怖いなら、目の前の酒饅頭に心底震え上がって、もう友達の前で、あんな偉そうな口はきけなくなるだろうよ」

「そうだな、面白《おもし》れぇ、やろう、やろう」

——てんで、みんなで皿に盛った酒饅頭を寝ている鷺吉の枕元に置き、隣室に戻ると、少し間を置いて、襖の隙間から、そっと中の様子を窺《うかが》うことに致します。

「おい、どうだ？　奴は目え覚ましたか？」

「しっ、今、目を開けたところだ」

「どうだ、饅頭に気づいたか？」

「ん、うん。首をそちらへ向けて……あ、あは、目を剝《む》いて驚いてやがらぁ」

…………。

「どうした？　悲鳴が聞こえてこないが、卒倒でもしたか？」

「いや……平気な顔して――」

「おい、じれってえな、俺にも見せろ……あれっ？　卒倒どころか、饅頭を口に入れて――」

「なに？　俺にも見せろっ」

――と、一同襖に殺到し、勢い余って隣の間へ転がり込んでしまいます。

それを見た鸞吉が、口をもぐもぐさせながら、

「あ？　どうしたお前ら？」

「どうした、じゃねえよ」と留公が言います。「おめえ、饅頭怖い――はずじゃなかったのか？」

鸞吉、最後の一個になった酒饅頭を頬張りながら、

「ああ……もぐもぐ……怖い……もぐ……怖い……餡と皮が咽喉につっかえそうで……怖い」

「畜生、騙《だま》しやがったな。饅頭が怖いだなんて、嘘つきやがって――」

「いやいや、怖いものは、ありますよ。――今は、咽喉が詰まるのが怖いから、濃いお茶が一杯……怖い」

――只今《ただいま》は、有名な古典落語『饅頭怖い』を、わたくし流に改作したものを、お聞きいただきました。本来ならば、この「濃いお茶が一杯怖い」のオチでおしまいとなるところでございますが、どうして、今回の演目であります『毒饅頭怖い』は、これからが本番――この四十年後の恐ろしい後日談というのがございまして――。

巧みな嘘――いや、本人に言わせると《知略》によって、まんまと饅頭を独り占めした鷺吉でしたが、その後、家業の紺屋《こうや》から呉服屋に転じ、お得意の知略でもって、江戸でも有数の大店《おおだな》の店主へと出世致します。いっぽう、有り余る知恵・知略の使い道として、軍学を学ぶことをも志し、当時有数の軍学者であった楠不伝《くすのきふでん》に弟子入り、そこでも頭角を現し、その才能を見込まれて、楠家の娘婿《むすめむこ》となり楠流軍学を継承、名前も油井大拙と変えて、そちらの方面でも、一目置かれる存在となります――あ、察しのよい方はお気づきでしょうが、改名の拠《よ》って来るところは、あの慶安《けいあん》の変《へん》で幕府転覆《てんぷく》を謀《はか》った由井正雪《ゆいしょうせつ》にあやかって、とのことでございました。

さて、この『毒饅頭怖い』の鷺吉――改め油井大拙が、齢《よわい》六十の還暦《かんれき》を越えて一念発起《いちねんほっき》、表の家業から身を引き、それまで裏となっていた軍学者としての人生に残りの命を捧げようとの一大決心をいたします。

ところが、ここに大きな問題がございまして――。

――五人ももうけた大拙の倅《せがれ》たちが、揃いも揃ってボンクラばかりという……。家業を継がせることも、軍学を継承させることも――どいつもこいつも、まったく覚束《おぼつか》ないという有様でして、思い余った大拙は、家業は商才ある大番頭を養子に迎えて譲《ゆず》り、また、学問のほうは、これまた一番優秀な弟子を継承者にしようと思い立ちます。いっぽう、五人のボンクラ息子たちは、この先、自分や家の名声を汚すだけだと容赦《ようしゃ》なく見切りをつけ、全員に、勘当を言い渡すことに致します。

五人への勘当宣言が、なされるだろうことは、家人には薄々感づかれてはおりましたが、大拙は、家族だけの内輪で催《もよお》す還暦祝いの席で正式に言い渡すという心づもりでございました。

還暦の宴席には豪勢なお膳《ぜん》が並びましたが、例によって、下戸である大拙の意向で、ご酒が出されることはございません。その代《かわ》りと言ってはなんですが、大拙の好物の饅頭が大皿に盛られまして、食後の膳に供《きょう》せられるという仕儀《しぎ》に――。

殿様のように脇息《きょうそく》に肘《ひじ》を預けた総髪の大拙が、菓子職人に特別に作らせた唐饅頭《とうまんじゅう》に手を伸ばしながら話の口火を切ります。

「きょうは、わしの還暦を祝ってもらっているわけだが、お前たち、還暦の意味というのを知っとるか?」

その宴席には、大拙の妻——御寮《ごりょう》さんの龍江《たつえ》と五人の倅が控えておりましたが、臆《おく》してか、答える者はおりません。大拙は構わずに話を続けます。

「還暦というのはな、ただ年寄りが赤いちゃんちゃんこを着て、若い連中の晒《さら》し者になる茶番とは違う。六十年を生きて、十干十二支《じっかんじゅうにし》を一巡し、生まれた年の干支《えと》に戻ることじゃ。これは、文字通り、『暦《こよみ》が還《かえ》る』から還暦と言うわけだな。これはまた『本卦還り《ほんけがえ》』とも呼ばれ、一種の生まれ直しであるとも見做《みな》される」

その場にいた誰もが黙《だま》ったまま聞き入っております。

「それで、わしも生まれ変わった気になって、残された人生を自分の思うように生きることにした——家業を引退して、学問のほうに専心し、そちらを生かした……なんと言うか……確たる成果を生んでみたいと——」

「それでは——」と長男の一郎太《いちろうた》が当然の質問を致します。「お店のほうはどなたかが引き継ぐんで……？」

大拙は長男のほうを一瞥《いちべつ》すると、

「何を呑気《のんき》なことを言うとるか……本来なら、『どなたか』ではなくて、長男のお前が家督《かとく》を継ぐところだが、お前のこれまでの放蕩三昧《ほうとうざんまい》の酷《ひど》い行状から、わしは、その資格がないと見做した。ほかの四人も同じじゃ。算盤《そろばん》も弾かず、学問もせず、働きもせず、いい歳をして嫁《よめ》も貰わず、家の金を持ち出しては、ただただ放蕩・道楽に明け暮れる毎日……」

そう言われても、誰一人口答えする者はございません。

「わしも、これが最後と思うとるから、一人ひとり引導を渡していくことにするが……まず、一郎太」

長男がはっとして、父親に似た張った顎《あご》を強張らせます。

「お前は……小博奕《こばくち》ばかりに入れあげて、何度お前の博奕のしくじりの尻拭《しりぬぐ》いをさせられたことか……先月も大森《おおもり》の代貸しが直々に取り立てにきて、五十両も支払わされた」

黙って頭を下げるだけの一郎太。

「次に二郎太《じろうた》」

次男がはっとして、父親そっくりの三角の眉《まゆ》を顰《ひそ》めます。

「お前は、姦淫《かんいん》が目に余る……今日は吉原《よしわら》、明日は品川と連日遊里に入りびたり……しかも、自分で勘定を払わぬものだから、毎回、勘定取り立ての付き馬をお供に朝帰りとくる。近所じゃあ、店の前に付き馬用の厩舎《きゅうしゃ》を作ったらよかろうと笑われとるのを、お前、知っとるのか？」

二郎太は口答えもできずに、黙ったまま俯《うつむ》くばかり。

大拙は子供の頃からの癖《くせ》で「饅頭怖い、饅頭怖い」と、おまじないのように小声で呟《つぶや》きながら、大皿から取り上げた饅頭を掌《て》の中で弄《もてあそ》び、なかなか口に運ぼうとしません。

「さて、次は三郎太《さぶろうた》だ」

三男の三郎太が父親譲りの険のある目つきで見返しております。

「お前は――酒。わしが大の酒嫌いだと知っとる癖に、外でこそこそ飲み歩き……それも油障子《あぶらしょうじ》の安居酒屋なんぞで、溜《た》めたツケが十両だと」

「しかし――」と、三男は生意気に抗弁を致します。「兄貴たちの、博奕や廓遊《くるわあそ》びの代金と比べたら、俺の十両なんて――」

「たわけめ。安居酒屋で十両飲むとは、どれほどの量を飲んでいるというのか？　そういうのを鯨飲《げいいん》というのじゃ。それに、自分の稼ぎもないのに、十両をはした金と見る、その根性が、もう絶望的に嫌だね。十両盗めば首が飛ぶと世間で言われとるのを知らんのか。それに、十両と言えばだな、職人の中でも一番上に立つ大工の、およそ一年分の稼ぎに当たる額なんだぞ。お前、飲んだくれている時に、そんなことを一度でも考えたことがあるか？」

怒りの余り我を失った大拙が手の饅頭を一口ぱくりとやります。その一口分を呑《の》み込むと、次に控えた四男を責めにかかりまして――。

「次は、四郎太《しろうた》……お前は、分を超えた骨董《こっとう》道楽。先日も名刀村雨《むらさめ》を遂に手に入れたとか自慢して……それも自己資金ではなく、蔵の錠前を破って盗んだ都鳥《みやこどり》の高価な帯を売り払って得た金で買ったのだとか。金額を聞いて、腰が抜けた。百両もしたそうじゃないか」

「でも、父上」と、四郎太も反駁《はんばく》します。「幻の名刀と言われた村雨が手に入るなら、百両は安いものかと」

「嫌だねえ、教養のない人というものは」と大拙が顔を顰《しか》めます。「骨董に詳しい文福寺のご住職に訊いてみろ。村雨が幻の刀たる所以《ゆえん》は、それが現実には存在しないからなのじゃぞ」

「へ？」

「村雨というのは、曲亭馬琴《きょくていばきん》の『南総里見八犬伝《なんそうさとみはっけんでん》』に出てくる創作上の産物なのっ。だから、実在しないのっ」

「あ、そ、そうすか……あ、いや、あの業物《わざもの》は……村雨でなく……ムラ……そう、村正《むらまさ》の間違いで――」と、あくまでも自己弁護を通そうとする四郎太。それを聞いた大拙は溜息をつきながら、

「嫌だねえ、知ったかぶりの半可通《はんかつう》のご仁というものは。――村正なら、なお悪いじゃろう。村正が、徳川《とくがわ》に仇《あだ》なす妖刀として公儀《こうぎ》から忌《い》み嫌われているということを、お前、知らんのか？　そんなもの、持っているだけで、お上から懲罰《ちょうばつ》が下るのだぞ」

「へへーい」

「ちなみに教えといてやるが、文福寺の道絡師《どうらくし》の鑑定によると、お前の刀は、村雨でも村正でもなく、実用本位の数物で、上州《じょうしゅう》の田舎《いなか》刀工の手による村長《むらおさ》というもの。大根人参を切るのには重宝する業物なのだそうじゃ」

と、皮肉たっぷりに言われて、さすがの四郎太も、最早、抗弁の余地なく、ただ俯くばかり。

いっぽう、大拙のほうは、相変わらず「饅頭怖い」と呟きながら、二つ目の饅頭をまだ掌の中で弄んでおります。どうやら、倅たちを一通り弄んでから、好物を、ゆっくり味わおうという所存かと。

「最後に、五郎太《ごろうた》」

五男の五郎太が父親似の広い額の汗を拭いながら顔を上げます。

「お前は、五人の中では、一番利発な子だと思っていた。それだから、算盤の稽古《けいこ》や寺子屋にも通わせてやった。だが、お前は、習い事をみんなほっぽり出して――」

「お父《とっ》つぁん、あたしは、習い事はちゃんと……」

「そのお前の習い事が問題なのじゃ。お前が血道を上げている習い事と言ったら、家業の役に立たないことばかりで――新内《しんない》だとか常磐津《ときわず》だとかに奇声を張り上げ、それに飽《あ》きると、怪しげな発句《ほっく》の宗匠《そうしょう》に飼い犬のようについて回ったりして、そうかと思うと、三河町《みかわちょう》の御用聞きの親分さんに入れあげて、銭をやたら道にばら撒《ま》いて――」

「そ、それは悪党にぶつけて捕まえるために投げてるんでして……」と、言い訳をする五郎太。

「嫌だねえ、ものを知らないご仁というものは。――それを言うなら、三河町の半七《はんしち》親分じゃなくて、銭形《ぜにがた》の親分さんの方だろがっ。ともかく、どういう理由にせよ、銭を路上にばら撒くなんて、わしには正気の沙汰《さた》とは思えん。しかも、投げてる銭も、最近は小判を使っているとか——」

「大きいほうが命中率がいいもんで。それに、小判投げると悪党が拾おうと立ち止まってくれるんで、割と楽にお縄《なわ》になってくれると——」

「バカヤロッ、銭形の親分が投げるのは、永楽銭《えいらくせん》とか鍋銭《なべせん》、青銭《せいせん》の類で——」

と父親が言いかけるのを五郎太が無謀《むぼう》にも遮《さえぎ》って、

「でも、銭形の親分、若い頃は小判も投げてたって自慢話を聞いた覚えがあるけど……」

大拙があきれ顔で溜息交《ま》じりに応じます。

「小判投げたのはなぁ、将軍が毒盃を傾けるのを阻止するための一回きりの緊急事態だったのっ。あの人、普段の捕物は小銭を投げてるんだよっ。それじゃなきゃ、銭形じゃなくて、小判形平次になっちゃうだろがっ」

「へへーい、お父つぁん、なんでもよくご存じで……」

「ふん、ついでに言っとくが、神田《かんだ》お玉《たま》が池の人形佐七《にんぎょうさしち》親分というのは、絡繰《からく》り人形とかが御用聞きやってるんじゃなくて、人形みたいに綺麗な顔をした——って、あ、いや、こんな、どうでもいい蘊蓄まで言わせるなっ」

「いえいえ、人によっちゃあ、感心するような博覧強記《はくらんきょうき》ぶりで……」

「お前のキョウキは博覧の方じゃなくて狂気の沙汰の方だって言うのっ。――ともかく、わしが言いたいのは、捕物気取りのお前が景気よくばら撒いている銭を、いったい誰が額に汗して稼いでいると思ってるんだってことだ!」

――と、不肖《ふしょう》の息子たちを一渡り叱責《しっせき》すると、手の饅頭をぱくりとやる大拙。ところが、どうしたことか、首を傾げて、「ん? なにか、いつもと味が違うような……」と呟きます。すかさず、隣に控えていた御寮さんが、「そうですか? いつもの菓子職人さんが今朝方作ったばかりの、いつものお饅頭のはず」と答えます。

「そうか? 舌先に、ちとぴりっと感じたものでな、まあ気のせいかもしらんが……」

そこで、また気を取り直して、不肖の息子たちを睨《にら》みつけ、

「――というわけで、お前たち全員に愛想が尽きた。このまま家に置いていたのでは、店にも学者としてのわしの名望《めいぼう》にも傷がつくだけだ。……店は、大番頭の定吉《さだきち》を養子に迎えて譲ることにする。また、どうせ、お前たちには関心のないことだろうが、楠流軍学のほうの継承は一番弟子の郷田慎之介《ごうだしんのすけ》に目録を託すことに決めた。よって、お前たち、明日の朝までに、この屋を去り……」

――と、どうしたことか、途中で絶句する大拙。見れば、顔を紅潮させ、苦しそうに胸を押さえております。そして、もつれる舌で「ううっ……毒……饅頭……怖い」とだけ弱々しく言うと、その場に昏倒《こんとう》してしまいます。

御寮さんが短い悲鳴を上げ、息子たちは浮足立ち、ともかく、次の間に寝かせようということに――。

それから半刻後《はんときのち》――。

大拙が伏せっている座敷には、急遽《きゅうきょ》呼ばれた近所の主治医の藪野筍心《やぶのじゅんしん》先生と御寮さんが、枕元を囲んでおります。五人の息子たちは御寮さんの命で、退出させられておりました。

藪野先生が脈を診《み》ている間に、大拙が弱々しく口を開き、何か言おうとします。

「あ……先生……饅頭……怖い」

「ああ、わかっとる」と藪野先生。「無理せんでええが……あんた、饅頭に毒を盛られたと言いたいのか？」

大儀そうに頷く大拙。

「誰にやられた？　心当たりはあるのか？」

大拙は最後の力を振り絞《しぼ》って何か言おうと試みます。

「だ、誰が毒を……入れたかは、わからぬ……しかし、五人の倅ども……」

「五人の倅の中に下手人《げしゅにん》がいるというのか？」

しかし、大拙は肯定とも否定ともとれるような曖昧《あいまい》な頭の振り方を致します。

「下手人は、わからん……が……少なくとも言えることが……」

「なんだ？　聞いておるぞ。言いたいことを心置きなく言わっしゃい」

「ううっ……す、少なくとも言えるのは、五人の倅の内、二人は……病的なほどの嘘つき……子供の頃から気づいていたのじゃが……二人の嘘には気を付けて……」

そこで、唐突に大拙は事切れてしまいます。

「残念ですが、ご臨終でございます」脈や息を確認したあと、藪野先生が厳《おごそ》かに宣言を致します。

御寮さんが藪野先生のほうを見て、

「やはり……毒を盛られたのでしょうか……？」

藪野先生、山羊《やぎ》のような顎髭を撫《な》でながら、

「本来なら蘭学医《らんがくい》などが診立てるべき症状で、漢方には専門外のことなのだが、私にも多少の毒物の知識はございましてな……患者に現れたる諸症状からすると……顔面の紅潮、口唇《こうしん》、舌の痺《しび》れ感、心悸亢進《しんきこうしん》、胸の灼熱《しゃくねつ》感、腹痛……そして最後は呼吸麻痺《まひ》……これはどうやら、トリカブトの毒による死――かと」

「まあ、トリカブト……？」

「はい。トリカブトの草本は割合と容易に入手できるし、切り花として飾る向きもある。しかし、切り花ならよいが、その根の部分には猛毒が含まれていて、わずか耳かき一杯ほどの量で人を死に至らしめるとか」

「そんな、恐ろしい……」

「油井殿は饅頭のことを言われていたが、宴席で饅頭を口にしたのはご当主だけでしたか?」

「はい。他の者は口にしておりません。甘いもの好きの主人だけの習慣で、食後に饅頭を大皿に盛って一人で平らげるという――」

「饅頭に毒を盛った者に心当たりは?」

「いえ、さっぱり……」

「先ほど、家人から、ちらりと耳にしたのだが、油井殿は還暦祝いの席で、ご子息たちに、勘当を言い渡すおつもりだったとか。――して、勘当ははっきり言い渡されたのですか?」

「いえ、一人ひとりに、お小言を言って……さて勘当――という肝心のところで昏倒いたしましたから……」

「――すると、正式に勘当は成立しておらんと……息子さんたちはこの家に残れるわけですね?」

「はあ……そういうことになりますかねえ」

藪野先生は質問の方向を変えて、

「しかし……今わの際の言葉で、何か……二人の息子を疑っているというようなことを言っておったが……」

「いえ、あれは……中毒で朦朧《もうろう》とした頭の言わせた妄言《もうげん》ではと……あの子たちに限って、そんな大それたことをするはずが――」と母親らしく子供たちを庇《かば》います。

「しかし、あなたも聞いたはずだが、五人の内、二人は病的なほどの嘘つきだから、気を付けろということを、確かに言い残された」

「はい……それは仰《おお》せのとおりで」

「その嘘つきの二人というのに心当たりは?」

「い、いいえ……恥ずかしながら、母親の監督不行《かんとくふゆ》き届きで、あの子たち一人ひとりのこととなると、一向にわからず……」と苦し気に言って、顔を伏せてしまいます。

「ふむ、いずれにせよ、毒――による変死であるならば、僧侶《そうりょ》のほかに、自身番《じしんばん》か、あるいは、名望ある人物の変死のことことて、奉行所に届けねばならんでしょうな」


それからまた半刻後――。

すでに打ち覆《おお》いの白布を掛けられた死者の枕元で、油井家の檀那寺《だんなでら》の住職である、無門《むもん》道絡師が枕経《まくらぎょう》を唱え終えたというところ――。

座敷には、御寮さんと藪野先生のほかに、自身番から駆け付けた岡っ引きの半ちくの半《はん》竹《ちく》と南町奉行所から来た同心《どうしん》の山之内銃児郎《やまのうちじゅうじろう》が控えております。

その山之内が道絡師に労《ねぎら》いの言葉を掛けます。

「ご住職、お勤めご苦労様です。この後は、身共《みども》が事件の吟味《ぎんみ》ということに――」

「おお」と道絡師がやぶ睨みの目で眩《まぶ》しそうに相手を見ながら、「わざわざ八丁堀《はっちょうぼり》からお出ましいただくとは、仏様もさぞや心強いことでございましょう」

「はい」と頷く山之内。キリッと細い「八丁堀風」の粋《いき》な小銀杏髷《こいちょうまげ》に黒紋付《くろもんつき》羽織の着流しという姿が、道絡師ならずとも眩しく感じられる男伊達《だて》でございます。「おっつけ、与力《よりき》の藤波《ふじなみ》甲斐守《かいのかみ》様も到着されるご予定で」

「それは……」と驚く道絡師。「与力の藤波様まで……これは大事になりましたな」

「はい、やはり、ことが、重要人物の変死ですので……」

そこで半ちくの半竹が、

「は？　藤波様が？　定廻《じょうまわ》りの森川《もりかわ》様ではないので？」

と、口を挟むのを、山之内が煩《うるさ》そうに退けて、

「森川様は他用でな……騎数《きすう》の少ない与力が始終多忙なのは、お前も知っておろう。――それとも、身共らの出役《しゅつえき》では不足でもあると申すのか？」

「いえいえ」と、ひどく慌てる半竹。「滅相《めっそう》もない。隠密廻《おんみつまわ》り同心きっての捕物名人の山之内様のご出役とあれば、仏様でなくたって、御《おん》の字《じ》でございますよ」

「ふん」と、平身低頭の岡っ引きを鼻で笑うと、周囲を見渡して口調を改め、「かようなわけで、これから吟味の段となりますが、先ほど伺った藪野先生のお話からして、まず、油井殿しか食べていない唐饅頭に毒が仕込まれていたのは間違いのないところ。しかるに、

饅頭を作った菓子職人は信のおける人物で――」

「菓子職人をご存じで？」と道絡師が尋《たず》ねます。

「はい。その饅頭を作った菓子職人は、お上の御膳所台所《ごぜんしょだいどころ》にも出入りを許されている者。自分の作った菓子で毒殺を企《くわだ》てるなどということは、よもや、ござりませぬ」

「すると、やはり――」

と、藪野先生が言いかけるのを同心が引き取って、

「……そう、やはり、故人の今わの際の言葉から推して、勘当を言い渡そうとしていた五人の息子たちに嫌疑《けんぎ》をかけざるを得ませぬ……御母堂《ごぼどう》にはお辛《つら》いことでしょうが、父親をして嘘つきだと言わしめた二人を突き止めるというのが吟味の本筋かと――」

「仕方ありませぬ」と母親が吐息と共に申します。「私もその主人の言葉、確かに聞きました。どうぞ、不肖の倅共を存分にお取り調べあそばして……」

「かたじけない。では、別室にて、一人ずつ、話を聞くことにいたしましょう」


――てんで、別室にて不肖の倅共のお取り調べの段となります。しかし、推理小説の中でも、多過ぎる容疑者たちの事情聴取の件《くだり》というのは、とかく退屈になりがちなもの。これは落語でございますから、以下、要点だけをかいつまんで申し述べさせていただきます。

まず、家人・使用人たちの証言から、大拙殺しの動機があって、饅頭の置いてあった部屋に出入りできる機会を持っていたのは、確かに不肖の五人の倅であったことが判明いたします。――さて、そのうちで嘘つきは誰と誰なのか――。

㈠　一郎太の証言――「え？　わたしらに嫌疑がかかっているので……それは弱りましたな……わたしは、決してそのようなことはいたしませぬ……しかし、まあ、兄弟のことを悪くは言いたくないのですが、わたしは実は、見ているのでございます――宴の直前に、五郎太の奴が饅頭を手にしているのを……まあ、あいつは嘘つきだから、そのことは否定するでしょうがね……」

㈡　二郎太の証言――「ええっ？　あたしらに嫌疑が？　さらに、兄弟のうち二人が嘘つきだと？　心外ですねぇ……しかし、まあ、あたしの見るところ、一郎太と四郎太のうち、どちらかが嘘つきかと……いえね、饅頭がしまってあった戸棚には錠前が掛かっていたはずなんですが、あそこの錠前の鍵《かぎ》を持っていたのは、あの二人だけだし、特に四郎太には……ほら、以前、蔵の高価な帯を持ち出した一件で、錠前破りの前科があるから……」

㈢　三郎太の証言――「へえ？　一郎太と四郎太に嫌疑がかかってるんですか……ふうむ……私の見るところ、嘘つきは四郎太でしょうな、だってね、実は私、四郎太が宴会の直前に、饅頭をいじっているのを見たんだもの……それからね、兄弟をチクったついでに言うわけじゃないが、二郎太と私は潔白ですよ。だって、あいつと私は、きょう、ずっと一緒にいたんだからね」

㈣　四郎太の証言――「え？　俺たち兄弟に嫌疑が？　お、俺はやっていないっすよ……でもね、言わせてもらうならね、下手人の一人は二郎太で間違いねえ。俺はね、あいつの指先に餡子がついてるのを見たからね。へへへっ」

㈤　五郎太の証言――「はあ、五人のうちに嘘つきが――？　いや、あたしは正直、饅頭には手をつけてないよ。――でもまあ、あたしは、捕物の類は好きなものでね……三河町のあの――半七親分の追っかけをやっていたこともあるほどなんだが、そのあたしに言わせると、三郎太と四郎太のどちらか一方が嘘つきで間違いねえ……え？　何を根拠にそう言うのかって？　……そりゃ、えー……子供の頃、二人のどちらかに、ひどい嘘をつかれた覚えがあって……いや、三か四か、どっちかなんて覚えちゃいませんよ。なにせ、四人も兄弟がいるんじゃ誰が誰だったかなんて、ねえ……ま、半七親分みたいな、直感的忖度《そんたく》ってやつですよ……あはは」

――てんで、この中で嘘をついているのは、誰と誰ぁーれだ？

「あ、あっしには、誰が嘘つきかなんて、さっぱり、わかりませんよぉ……」と、半竹が早くも泣き言を申します。「……ここの兄弟てえのは、揃いも揃ってみんな嘘つきみてえに見えるし……」

不肖の五人兄弟が、てんでに勝手なことをほざいて出ていったあとの部屋にて――。

そこに居合わせたのは、岡っ引きの半竹と同心の山之内、それに、心細い半竹の願いで、その場に立ち会うことになった道絡師と藪野先生という、いささか奇妙な取り合わせの四人組。山之内配下の下っ引きは張り番に回されております。

途方に暮れた半竹が、「――で、山之内様、誰と誰が嘘つきなんで?」と問いかけても、敏腕同心は軽蔑《けいべつ》したような薄笑いを浮かべながら、

「少しは自分の頭を使ったらどうだ」と、つれない返事。まだ、先ほどの半竹の失言を根に持っているご様子。

仕方なく、藪野先生のほうを見ると、欠伸《あくび》を嚙み殺しながら、「あんまり退屈なお取り調べなんで、眠くなって、ほとんど聞いておらなんだ」と頼りない答え。「当方、病人・死人の観察・診断は得意なんだが、生きてて、ぺらぺら喋《しゃべ》る連中には閉口させられるわい」と。

それでは、最後の頼みの綱《つな》はこの人とばかりに、道絡師のほうを見ると、やはり、いささか倦怠《けんたい》した様子で、

「わしもな～、藪野先生と同じで、もっぱら死人やら仏様が相手の商売……生の人間の捕

物・吟味なんてのは、わしの役目ではないからのう」と、他の二人と同様のつれない返事。

「それに、今日は葬式・法事が重なって、ちと疲れ気味なんじゃ……早く寺へ戻って般若湯《はんにゃとう》でも、ちくと聞《きこ》し召《め》したい気分でな」

「そんな、殺生《せっしょう》な……そこをなんとか、お智慧《ちえ》を貸してくださいよ。ご住職は、こういう事件や怪異解明の忖度・斟酌《しんしゃく》がお得意なんだって、北町の仙波《せんば》様も言ってましたよ」

「おおっ、顎十《あごじゅう》……いや、捕物名人の仙波阿古十郎《あこじゅうろう》殿がそんなことを……」と、道絡師のやぶ睨みの目が少し輝きますが、すぐに冷静になって、「あ、いや、駄目だめ、捕物名人と言えば、ここに——」と山之内のほうを見て申します。「南町隠密廻り随一と謳《うた》われた方がいらっしゃるじゃろう。まずは、自分の上役にお伺いを立てるのが筋かと——」

そう言われた山之内も、まんざらでもない様子で、

「あ、いや、身共、虚名《きょめい》ばかりで……それより、そう言うご住職の忖度・斟酌に関するご評判——隠微《いんび》夢中《むちゅう》の中に真相を摘抉《てっけつ》して、さながら掌中《しょうちゅう》を指すがごとき明察ご理解と、こちらも聞き及んでおりますぞ」

「それこそ、江戸の噂雀《うわさすずめ》の他愛ない戯言《ざれごと》——」

と返す道絡師の言葉を山之内が遮って、

「誰と誰が嘘つきか、ご住職、すでに見抜いておられますね」

「はい」と時候の挨拶《あいさつ》でも交わすようにさらりと答える道絡師。「青空のように明々白々」

「はは、気の利いた公案《こうあん》を聞かされているようですな」

「恐れ入りまする」

「ぜひ、その中身をお聞かせ願いたい」

「いや、それは……」と、まだ気乗りしない様子の道絡師。

「そこの不明なる岡っ引きの勉強のためにも。――また、身共のほうも答え合わせをしてみたいので」

「そうまでおっしゃるなら――」と、道絡師、やぶ睨みの目を細めると、「ただし――」

「ただし?」

「はい」禅家《ぜんけ》の僧侶は頷いて、「今ほども申しました通り、拙僧は、いささか倦《う》み疲れ、寺へ戻りたい心持ちなのですじゃ。――答え合わせが済んだらば、退散しても宜《よろ》しいか?」

「おお、それはもう」と山之内も恐れ入って、「お勤め以外のことまでお願いしておるのですから、この後は、速やかにお引き取りいただいて結構ですとも。与力の藤波様がお見えになりましたら、後の吟味捕物は、我々で処理致す所存なので――」

「では」と、道絡師、主に岡っ引きの半竹のほうを向いて、「各人の証言を書き写した捕物帖があるじゃろ。それを突き合わせながら考えていけば、この謎々のアヤは、割と容易に解けるはず――」

半竹が寺子屋の生徒のように、証言を書き付けた捕物帖を広げながら、聞き耳を立てます。

「——先《ま》ずは、各証言を突き合わせてみて、互いに食い違う——矛盾《むじゅん》があるものを探し出す。二人の証言が食い違えば、それ即ち、二人のどちらかが嘘をついていると見ることができるからな」

「へい。えーと……」と、捕物帖をめくる半竹。

「証言が明らかに食い違うのは、三郎太と四郎太じゃ」

「へえ……ああ、確かに、三郎太は、二郎太は自分と一緒にいたから潔白だと言い、四郎太のほうは、二郎太の手に餡がついているのを見たから、奴が怪しいと言っていて……三郎太と四郎太の証言は食い違いますね」

「そこで、三郎太と四郎太の、どちらか一方が嘘つきではないかという疑いを念頭に置いておく」

「へい」

「——そうしておいて、次に、五郎太の言っていることを吟味してみると……五郎太は、自分は捕物好きだなどと、うだうだ言うて、怪しさ満点の男ではあるが、直感的忖度とやらで、『三郎太と四郎太のどちらか一方が嘘つきで間違いねえ』——ということを断言しておる」

「それは——」

「そう。先ほどのわしらの『三郎太と四郎太の、どちらか一方が嘘つきではないかという疑い』と一致するではないか。——このことを以って、五郎太は少なくとも嘘はついていないということが推測できよう」

「ふむふむ。五郎太が嘘つきでないとすると……えーと、最初のほうの……一郎太の証言は——」

「そうじゃ。五郎太のことを嘘つきと断じておる一郎太こそ、嘘つきなのではないか——ということになるな」

「二人の嘘つきの内、先ず一人判明ですね」

「うむ。そこで、先ほどの、三郎太と四郎太の、どちらか一方が、残るもう一人の嘘つきではないかという疑い——に立ち戻ることになるが、その前提からすると、二郎太は嘘つき疑惑から外せることになる」

「……その二郎太の証言では、ああ……四郎太のほうを告発していますね」

道絡師はこともなげに、結論を言います。

「——というわけで、嘘つき第二号は四郎太で確定ということになる」

「なーるほどっ」と半竹が手をぽんと打って、「そう考えればわかるわけか」次に山之内のほうを向いて、「答え合わせ、合ってますか?」

敏腕隠密廻り同心は頷きながら、「さすが、道絡師、たいした眼力ですな」と称賛いたします。

それを聞いた半竹が勢い込んで、

「それじゃ、早速、一郎太と四郎太をお縄にして――」

「それは、駄目じゃ」と遮ったのは、意外にも道絡師でございました。

「え？　ご住職、何言ってるんですか？　今、一郎太と四郎太を告発したのは、あなたご自身じゃありませんか？」

道絡師はやぶ睨みの目で岡っ引きを牽制《けんせい》するように一瞥すると、

「わしは、五人の倅の内、二人の嘘つきが誰と誰かはわかると言ったが、下手人がわかるとは言っておらん」

「ええ？　そ、そんな……？」と、再び困惑の泥沼に突き落とされる哀れな岡っ引き。

「一郎太と四郎太は、確かに嘘つきかもしらんが、それが直接、饅頭毒殺事件の下手人ということに結びつくわけではなかろう。――また、奴らが嘘をついたからといって、奴らが告発している五郎太や二郎太が下手人ではない――ということも断言できんはずじゃ」

「あー、また、そんなこと言われると、こんがらがってくるよ」

道絡師は不意に山之内のほうを向いて、

「そういうことで、よろしいですな？　五人の倅たちの証言からは、誰が嘘つきかは看破《かんぱ》できるが、誰が下手人かまでは、確たる手証《てしょう》があるわけでもなく、特定し得ないのだ、と

――」

「おっしゃる通り。これらの証言だけでお縄にすることはできませぬ」そして苦笑すらしながら、「第一、この判じ物、五人の倅の内二人が嘘つきだ――という前提で始まったものだが……そのことを今わの際に告げた油井殿が、もし、嘘をついていたとしたら、そもそも捕物そのものが成り立たぬ絵空事の謎解きになるのかと。それに、油井殿は幼名を鷺吉といい――饅頭怖いのウソ吉として知られていた嘘名人でもありました由《よし》……」

「ええ？」と半竹がさらに仰天して、「なんてことを言いなさる……それじゃ、今までの苦労が、すべてご破算になってしまうじゃありませんか」

いっぽう、道絡師のほうは、そそくさと立ち上がって、

「はいはい、色即是空《しきそくぜくう》、空即是色《くうそくぜしき》……絵空事の捕物が終わったのなら、わしは約束通り帰らせていただくことにしますわい。いったん、寺に帰らせてもらって、通夜《つや》の刻限にでも、また改めて参りますでな……」

「そんな……ご住職、あっし一人を置いてかないでくださいよぉ」

と追いすがる岡っ引きに玄関先で引き止められる道絡師。

「この捕物、まだ終わってないんだから……」

道絡師は家の奥を臆するように窺い見ながら、

「それは――わしの出る番ではない。ここには、ちゃんと本職がおるじゃろ。もうすぐ与

力も到来して、あの同心と二人で、どうとでも決着をつけることになるんじゃろうから」

「いや、あの人たち、あっしの失言を根に持って、意地悪するから、ご住職がいないと、あっしはまた虐《いじ》められ——」

「いや、そんなのは知ったことではない」そう言いながら寺のほうへと歩き出す道絡師。

「わしは、ともかく、こんな恐ろしいところからは、おさらばしたいだけなのじゃ」

それを聞いた岡っ引きが、弾かれたように反応して、道絡師の袈裟をむんずと摑《つか》みます。

「恐ろしいところ……って、ひょっとしたら、ご住職、あんた、この事件の真相を知ってい、い、い、いなさるね？」

袈裟をがっちり摑まれた道絡師、観念したらしく、立ち止まると、溜息交じりに、ぽつりと言います。

「ああ、知っておった——最初から」

「それを聞いたら、もう逃すことはならねえ」

半竹は半ば強引に、道絡師を路地に引き込みます。

すでに夕闇迫る人気のない路地裏——その逢魔《おうま》が時《とき》の場に対峙する岡っ引きと禅家の僧侶の、この世のものではないような、二つの影法師が、ゆら〜りと漂《ただよ》い——。

僧侶の影法師が申します。

「それほど知りたいなら、教えて進《しん》ぜるが、それを理解するには、互いに、少々辛い通過儀礼を経る必要がある……」

「へ？　ツーカギレイ？　なんのこってす？」

「うむ、まあ、自分の存在に関わる重大なることを、まず認めなければ、この話は始まらん――ということだ」

「ん〜、何のことかさっぱりだが、辨才《べんさい》に長けたるご住職の言われることだ、認めようじゃありませんか」

それを聞いて、僧侶の影法師が、意を決したように語り始めます。

「ある英吉利《イギリス》の偉い歴史学者にして捕物名人でもある究理縦横無尽の笛流《ふえる》大博士が、人類史上初めて、自らが現実の人間でないことを宣言した」

「へ？　人間でない？　フエル……？　そのお方、妖怪か何かで？」

「いや、笛流博士は現実の人間であるふりをするのを止めて、自分が虚構の中の人物であることを認めたのじゃ」

「……う〜ん……やっぱり、何のことやら、わかりやせん」

「ああ、わからいでもええ。わしとても未来予測の鏡の中にぼんやりと見えていることを言うておるのじゃからな――」

「未来予測の鏡？」

「そう。須磨帆《スマホ》の鏡といって――昔の巫女《みこ》さんが祭祀《さいし》に用いていた予言の銅鏡というようなものが、わしのところにあって……ああ、それはともかく、その銅鏡に映る未来の出来事に倣《なら》って、わしらもここであることを認めねばならんのだ……」

「何を？」

「現実の人間であるふりをすることを止めて――」

「へ？」

「落語の世界の住人であることを、な」

「あ？」岡っ引きの影法師はしばらく啞然《あぜん》としていたが、少しして寂しそうに笑い、「……そりゃね、あっしだって、薄々はわかってますよ。自分が暗愚《あんぐ》不明の岡っ引きの役割を与えられて、この落語の世界でしか生きられない男だってことぐれえ――」

「ふむ。万感胸に迫り、むしろ何の感慨もないに等しい――これは虚構の人物にしかわからぬ心境じゃな……だが、そう落胆するでない。お主、立派にこの世界での暗愚不明の役割を果たしているではないか。……まあ、所詮《しょせん》は、我々の住むこの世も、あちらの『現実』の世とやらも、色即是空、空即是色の――空っぽの世界なんじゃやからな」

「へえ、ありがとう存じます――と言っていいのかな？　まあ、いいか。――で、そいつを認めたうえで、この事件、どう解かれなさる？」

「それは――まず、被害者が饅頭の餡の毒で殺されたことが最重要点であるが、その前に、事件が家督相続と勘当を動機とする尊属殺人であるという筋は、まったくの誤導であることを指摘しておかねばならん」

「ゴドウ?」

「ふむ、たぶん下手人によって仕掛けられた——我々を誤った方向へ導く奸計《かんけい》かと」

「ああ、確かに、そちらの筋を追っても、五人の内二人の嘘つきに辿り着きはするが、それが直接下手人を指すということにはならないと、先ほど結論が出ましたね」

「ふん」と僧侶の影法師は鼻で笑い、「——そうは言うても、どうせ、あの同心は上司の与力と共に、二人の嘘つき倅をしょっ引いて、八丁堀で百叩き三昧《ざんまい》の上……力ずくで白状をさせて、首尾よく刑場送り——それで、すべては一件落着ということになるのじゃろうがな」

「——それが、同心山之内の書いた筋書きというわけですか?」

「ああ、与力の藤波も奸計に加わっとるかもしらんが、山之内は恐ろしい男よ、こちらも奴の仕掛けた智慧比べに乗った振りをしたが、いつ、そば杖《づえ》を食って罪をなすりつけられるかわからんから、わしは、あの場から退散することにしたのじゃ」

「——すると、事件の本筋のほうは?」

「五人の勘当されかかった息子の家督相続殺人が、見せかけの表の偽筋で、裏に隠れた真の筋は、油井大拙の裏の顔に関わるものじゃった……」

「裏の顔……呉服屋の隠居ではなくて軍学者としての油井大拙ということですね?」

「そうじゃ。饅頭怖いの——幼名鷺吉が、いかなる理由で楠流軍学を学び、油井大拙と名前を変えたのか……」

「あ、ユイ……あの由井正雪も確か楠流……ってことは、油井も由井正雪に私淑《ししゅく》して、第二の慶安の変を——公儀の転覆を企てていたと?」

「還暦を機に、軍学者としての人生を懸け、一大事を成そうとしていたというのは、実は、密かに浪人・武芸者や不満分子共を集めて、挙兵しようという計画をいよいよ実行に移そうと——」

「ああ、そうか。——だから、定廻りの森川様じゃなくて、隠密廻りの山之内や藤波が出しゃばってきたわけか……」

僧侶の影法師は頷きながら、

「隠密廻りの本来の仕事は、変装に身を隠し、世間に隠れたる陰謀《いんぼう》を探り出すことじゃ。そうした隠密廻りの仕事をしている中で、山之内は、油井大拙の公儀転覆の計画を知った。そして、その陰謀を未然に防ぐため、密かに油井大拙暗殺を企てた……」

「しかし、そうだとしても、なんで還暦祝いの席で毒饅頭で殺す——なんていう手の込んだことをしたんで?」

「普通に刺客を使って殺していたら、大拙の弟子や集めた浪人共が、すぐに隠密廻りの暗殺と察知して騒ぎ出して藪蛇の大騒動になるではないか。それじゃから、山之内は、表向き、この事件を家督相続絡みの親殺しへと誤導する必要があったのじゃ」

「——そ、そうだったのか、謀反の軍学者を隠密廻りが暗殺したと……なるほど、そうなると、すべての平仄《ひょうそく》が合いますね」

と、いったんは納得しかけた岡っ引きの影法師でしたが、すぐに首を傾げて、

「しかし、ご住職、よく、そんな裏の筋を読み切りましたね」

「殺害方法を聞いた時に、即座に、この事件の性質を看破した」

「へえ？　——と言いますと？」

そこで落語の世界の住人がきっぱりと申します。

「饅頭の餡に仕込んだ毒で殺したというのなら、これは——暗殺に決まっておろうっ」

＊参考資料《龍が如く　維新！》（ＳＥＧＡ）

紙《かみ》入《い》れの謎《なぞ》一寸《ちょっと》徳《とく》兵衛《べえ》

落語魅捨理全集三

枕

えー、最近は「草食系」なる男子の呼び方が流行《はや》っておりますが、その一方で、「間男《まおとこ》」という男子の蔑称《べっしょう》は滅多に使われなくなりました。現代では「不倫相手」という呼称がより流布《るふ》しているようでありまして——。

「町内で知らぬは亭主ばかりなり」

——と、江戸《えど》時代の間男も昨今の不倫男といささか変わるところはないように見えますが、その実態は大違い。昔の間男と今の不倫男では罪と罰の重さが大違いなのでございます。

今の不倫男は、バレても示談金かネット炎上なんてのが、せいぜいのところですが、江戸の昔、不倫——不義密通は死罪となるというほど罪深いものでございました。

「間男は首を拾って蚊《か》に食われ」

当時の不倫は命がけの行為でございました。俗に「間男と重ねて四つに切る」などとも言われておりますが、これは当時の法律に「密通の男女共にその夫が殺し候はば、紛れも無きにおいては、おとがめ無し」と定められており、密通の現場を夫が押さえれば、二人を束にして斬《き》り殺しても構わないことからきております。つまり、重ねて切れば体が男女四つになると、間男を厳しく戒《いまし》める意味で使われた言葉でありました。

しかし、その一方で、現実には示談金で済ませるということも行われていたようで、しかもその相場は五両と決まっていたとの記述もございます。

明和《めいわ》の頃に「その罪を許して亭主五両とり」という句があり、

これが、時代が下ると、その相場も高騰《こうとう》してまいります。

誹風《はいふう》・柳多留拾遺《やなぎだるしゅうい》の句に「据《す》えられて七両二分の膳《ぜん》を食い」というのがございまして。

七両二分とは大判一枚に相当する金額で、この句の言わんとするところは、据え膳に応じた不倫なら、なんと旦那も出てきて夫婦共謀《きょうぼう》で示談金を巻き上げようという、いわゆる「美人局《つつもたせ》」のことを詠《よ》んだ句だったというわけでございます。

この様に命がけの不倫もお上にバレなければ金になると、金儲《かねもう》けの材料に利用する不届き者が続出、天保《てんぽう》期には公儀《こうぎ》の取り締まりが強化されたとのこと。

江戸後期の諺《ことわざ》辞典『譬喩尽《たとえづくし》』に「密男《まおとこ》せぬ女房は無いもの」という句があり、また、ことわざ集の『世話詞渡世雀《せわことばとせいすずめ》』にも「密男七人せぬ者は男のうちにあらず」という俗諺《ぞくげん》もございます。

――ことほど左様に、命がけの仕儀《しぎ》だったにもかかわらず、不義密通の迷いの止め難きは、結局、いつの世も男女共に変わらぬ人の業《ごう》……間男ばかりを責められませぬ、人妻でありながら間男を誘う間女のほうこそ、責められるべきかと。本日は、小心者の間男と肝《きも》の据《す》わった間女の一席、お付き合い願います。

えー、貸本屋という商いがございました。江戸時代においては紙や製本した和本《わほん》が高価だったため、草双紙《くさぞうし》、読本《よみほん》、洒落本《しゃれぼん》などを安価で貸し出す生業《なりわい》が生まれ、貸本屋と呼ばれていたのでございます。貸本屋は風呂敷《ふろしき》に本をごっそり背負《しょ》い込み、得意先の家々を訪ね歩いて、庶民の手軽な娯楽の提供者として親しまれておりました。

ここに貸本屋の新吉《しんきち》という、年の頃なら二十二、三でございます、スラッと背が高く、色が白くて、役者にしたいような、まことにいい男がおりましてな。この新吉が、しょっちゅう貸本を背負って、あちこちのお屋敷を回っては、そこの奥様やらお嬢様を相手に商いをしておりました。なにせ若い、しかも様子がいい。お客様は新吉が商売に来るのを楽しみにしていたりなんかしておりまして、また新吉の人間がまめで、よく働きますので、旦那衆からも目を掛けられておりました。

さて、この新吉のところに、ある時、お得意のとび職の親方徳兵衛《とくべえ》さんの女房のお岩《いわ》さんから手紙が参りまして――。

事件の顚末《てんまつ》

「今夜、旦那が国の法事で、帰らないんで、新さん、あたし寂しいから、貸本ついでに遊びに来て下さい云々《うんぬん》……」

新吉、心の中で――弱ったなぁ、ええ、困った手紙が来ちゃったよ。今夜旦那が帰らないんで、寂しいから来て、って言われても、ハイハイッてんで、行けやしねぇや。あすこの旦那の徳兵衛さんにゃぁ、大変に世話んなってんだ。あの旦那、あたしが、おかみさんと、ひょっとして……しくじったりした日にゃあ、てぇへんなことんなっちまう。旦那はよく切れる段平《ダンビラ》持ってっから、重ねて四つに切るなんてことに……よそう。断ろう。行かれないよ、駄目だ、駄目ですよ——とは言うもんの、行かないてぇと、おかみさんのほうのご機嫌も、損ねちまうしなぁ……。

——そうだよ、おかみさんにも旦那以上に贔屓《ひいき》にしてもらってるから……こりゃ弱っちまったなぁ……行くのもまずいし、かと言って、おかみさん怒らしちゃってもいけねぇし……あすこのおかみさん、色っぽい、いい女だしなぁ。もう四十近いチョー大年増《おおどしま》のはずだけど、とてもそうは見えねぇ、美人は得をするねぇ、どうみても一回りは若く見えるぜ。でも、あのおかみさんと、二人っきりで喋《しゃべ》ってるところへ、旦那に帰って来られた日にゃあ……だが、行かねぇと言うと、旦那に何か悪口でも吹き込まれたりして、それはそれで、えれぇ目にあっちまうし……弱ったねぇ、こりゃどうも……行きたいような、行きたくねぇような、なんか、へんてこな気持ちんなってきちゃった……浴衣《ゆかた》着て湯にへぇってるような心持ちだぜ……心持ちが悪くてたまらねぇ……。

どうしよう、こうしようと考えておりますが、頭では止めよう、よそう、と考えておりましても、人間、特に若い男というものは、下半身は管轄《かんかつ》が別になっておりますので、どうしても足が勝手に、おかみさんが待つ徳兵衛さん宅のほうへ向かってしまいます。

「あら、新さん、よくきてくれたねえ。こないだの鶴屋南北《つるやなんぼく》の『謎帯一寸徳兵衛《なぞのおびちょっととくべえ》』面白かったよぅ。もう一冊の鴉屋古論坊《からすやコロンボウ》の『紙入れの謎一寸徳兵衛』ってのも、あの外題、南北を真似た新参の戯作者《げさくしゃ》が書いたんだろうが、中身は、けっこう、役に立つ本で――」

「は？　役に立つ？　あの歌舞伎《かぶき》の世話物《せわもの》の新作が？」

「……あ、まあ、そんなこと、どうでもいいよ」ここでお岩さん、話を逸らして、「とにかく、あたしの旦那の名前も徳兵衛だろ。外題に徳兵衛の名前の入った読本を二冊も貸し付けるなんて、新さん、こりゃ、なんかの当てつけかえ？」

「いえいえ、当てつけだなんて、滅相《めっそう》もない……その旦那の徳兵衛さんですが、今日は――」

「うぅん、新さん、あんたに出した手紙に旦那のことは書いてあるじゃないか。あたしからの手紙は、あの、あんたの金糸の入った豪勢な紙入れに大切にしまってあるんだろ？

――さあ、紙入れを出して見せてごらんよ」

言われるがままに、紙入れを差し出す新吉。受け取ったお岩は、それを無造作に火鉢《ひばち》のそばに、ぽいと投げ出し、

「その紙入れの中の手紙に、今夜は徳兵衛は戻らないと、書いてあっただろ」そこで、新吉のそばににじり寄り、「――だから、今夜は、泊まっておいきなさいな、新さん……」

「で、でも、もし旦那が帰ってきたら……」

それを聞いたお岩さん凄《すご》い形相《ぎょうそう》で睨《にら》みつけ、「この、小心者！ 徳兵衛は帰って来やしないよ」それから、艶然《えんぜん》と微笑み、「ねぇ、後生だからサ、ねぇ、いいだろ？ 新さァん……それともあたしが嫌いなのかい？」――正《まさ》に外面如菩薩内心如夜叉《げめんにょぼさつないしんにょやしゃ》という態《てい》でして。

「いや、嫌いだなんて、とんでもございません、けど、旦那に悪くて……」

「おまぃさんがどうしても嫌だって帰るんなら、帰っても構わないよ。構わないけども、女のあたしからこんなことを言い出して、おまぃさんに帰られた日にゃ、あたしの立つ瀬が無くなっちゃうからね。おまぃさんが帰っちまったあと、旦那が戻ってきたら、あたしゃ旦那に言いつけちゃうから」

「言いつけるって、な、なにをでございます？」

「旦那の留守に付け込んで、新さんが押しかけてきて、どうしても泊めてくれって言い張って、動かなくて、あたしゃ困っちゃったって――」

「そ、そんな、おかみさん……弱っちゃったなぁ、どうしよう……ねぇ、旦那、ほんとに帰って来ませんか？」

「帰らないよォ、心配しなくていいんだって、そう言ってるじゃないかッ」

新吉、お岩さんに急かされて、寝間着に着替えて床に入ります。一方のおかみさんはてぇと、着物も脱いで、長襦袢《ながじゅばん》ひとつんなって、伊達巻《だてまき》をキュッと締め直し、鏡台の前に行くと、鼻の頭をポンポン、とはたきましてお髪《ぐし》を掻《か》き上げます。それから勝手口の締まりをして、口をすすぎ、明かりをフッと吹き消します。それから、「新さ〜ん」と床へ入ってきて、齧《かじ》りつきまして――。

――ところが！

これから濡《ぬ》れ場《ば》というところへ、途端に表の戸を、ドンドンと叩く音が――。

「オイッ、開けろッ　ちょいと早えが、けえってきた」

「あら、ちょいとッ、旦那が帰って来ちゃったよ！」

「ヘッ!?　だ、だから言わないこっちゃない！　ど、どうしましょう、あ、あたしゃ、いったいどうしたらよござんすか〜？」

「どうするって、新さん、そんな、糞詰《ふんづ》まりの猫みたいにグルグル走り回るもんじゃないよ。慌てちゃいけない。逃げるんだよっ」

「に、逃げるとおっしゃいますと、こっちですか？」

「そ、そっちへ行ってどうするんだよ、そこを開けたら厠《かわや》だよ……ああっ、新さん、そっちもダメ、そこ開けたら旦那がいるじゃないか、違うよ……バカッ、こっちィ来るの……いや、あたしの背中よじ登ってどうするんだぃ？」

泡《あわ》を食って着物を着込んだ新吉は、おかみさんが裏へ回した下駄《げた》を引っかけて、勝手口から裏庭へと飛び出し、そのまま一目散《いちもくさん》に道を駆け抜けて、自分の家へ帰ってまいります。

――ああ、助かった。ほんとに命が縮んだよ。だから、あたしは嫌だって言ったんだよォ。帰ってこねぇって言いやがって、ウソばっかりじゃねぇか……嫌な気がしてたんだ、ほんとに旦那、帰って来ちゃった……あぁ、まぁ、見つからなかったからよかったけどもさ、冗談じゃぁねぇや、ほんとに。徳兵衛の旦那にゃ、いろいろと世話んなってっからな……。

そこで、新吉、ふと重大なことに気づきます。

――あれ？ 逃げたはいいが、なにか忘れ物して来ちゃいまいなぁ……えぇと、煙草《たばこ》入れは……あるなぁ、それからと……紙入れは……か、紙入れ！ あ、あぁっ、いっけねぇ！ 紙入れ、火鉢の横に置いてきちまった！

――あの紙入れの中にゃ、おかみさんからもらった手紙が入ってるんだ。あぁ、あんなもん、破って捨てときゃよかった……あの紙入れ、旦那、あたしのもんだって知ってんだよ……「旦那、こんな珍しい品が手に入りました！」なんて、こないだ、わざわざ見せに行っちゃったんだ……旦那も「へぇ、こりゃぁいい品だ。そう手に入るものじゃないよ。大事にしな」なんて言ってたよ。旦那、ああいう小物にゃ、目利きだからなぁ、忘れちゃいめぇだろうなぁ……あぁ、どうしよう、見せなきゃよかった！ 弱ったねぇ、こりゃ。どうしよう……よし、逃げよう！ 今のうちなら、よっぽど遠くに逃げられる。そうだよ、夜逃げに決めた！

――だけど……旦那、あの紙入れ、気がつくかなぁ……見れば気がつくよ。つくけれど、旦那が見つけるとは限らねぇ……火鉢に背を向けたままで寝ちまったかも知れねぇからなぁ。……旦那が気がついていないのに、あたしだけ逃げたんじゃぁ、バカみてぇだしなぁ……こりゃ、逃げるのよそう。そうだよ。おかみさんが先に気がついて、サッと隠してくれたかも知れねえし……。

——いやぁ……駄目だ、駄目だ。やっぱり駄目だ。旦那、こういう時にゃ、目ざといんだ。次に旦那と出会った時にゃ、「この間男野郎！」って、斬った貼ったの命の遣り取りになるかも知れねぇ……そんなことになるよりァ、念には念をいれて、やっぱり逃げるしかねぇな。そうだ。夜逃げだ、夜逃げ。

——とは言うもんの……念のために夜逃げするってぇのも、間抜けた話だし……バレちまったと、決まったわけでもないんだし……。

——そうだ、あしたの朝、旦那のお宅へ行ってみよう——「新吉、てめぇ、この野郎！」って来てから逃げても間に合うだろう……。

——なんて、その夜は一睡《いっすい》もできない新吉でしたが、翌朝、日の出とともに起き出しまして、またまた徳兵衛宅へとやって参りました。

火鉢のある居間で出迎えた徳兵衛さんが、

「どうしたィ。新吉、早ぇなぁ、今日は」

「え、えぇ……いい読本の新作がへえりましたもんで——」

「若い奴にしちゃぁ、朝が早ぇなぁ。まぁ、《早起きは三文の徳》って言って、商人がいつまでもぐずぐず寝てるようじゃぁ、ロクな稼ぎゃぁできめぇがな、うん。いい心がけだ。だから、俺ぁいつもみんなにそう言ってるんだよ。新吉を見習えってなぁ。朝早くから得意先まわりをしてなぁ、こうでなくっちゃ駄目だよ。俺は、よくそう言ってるんだ。あぁなんなきゃ駄目だってナ、ほんとだよ。俺は別におめぇを特に贔屓にするってわけじゃぁねぇんだが、おめぇほど商いに熱心なのぁねぇや」

そこへおかみのお岩さんが、薬缶《やかん》を持って入ってまいります。

「あぁ、茶がへぇったようだ。ま、飲みねぇ。早朝で冷えるだろ。もそっとこっちへ寄って、火鉢にあたりねぇ」

「へえ……」

「なんでぇ、いやに、そわそわしてるじゃぁねぇか、ええ？　なんか心配事でもあるのか？」

「ええ……あのぉ……今日はお暇乞《いとまご》いに、伺ったんで」

「あ？　なんだい、暇乞い？　いってぇどうしたんだ？　どっか遠国へ商いにでも行くのか？」

「いや、そうじゃありませんで……ちょっとまずいことになっちゃったんで――」

「まずいこと？　ええ？　使い込みか？　銭でなんとかなることなら、俺がなんとかしてやらぁな、ええ？　いいから俺に、任してみな」

「いえ、それが、ちょっと銭ではすまねぇ話でして──」

「ほう、銭じゃ……すまねぇ話ってぇと……、おめぇ、女の色恋沙汰《いろこいざた》でも抱えているんけえ?」

「へえ、まことにお恥ずかしい話で──」

徳兵衛さん、寛大に笑って、

「いいじゃぁねぇか。若いうちだよ。おめえなんざ、様子がいいんだもの、どこへ行ったって女にチヤホヤされらぁな、ええ?　相手は女郎《じょろう》か?　それとも堅気《かたぎ》の娘か?　ええ?　相手によって算段の仕ようってもんがあらあな」

新吉さん、いよいよ臆病風《おくびょうかぜ》に吹かれて返答ができません。

「なんでぇ、相手が何者だか、わからなきゃ、俺もいい策が出せねぇ」それからだんまりを決め込む新吉さんを一瞥《いちべつ》して、「こいつ、やけに黙《だま》ってやがって……まさかてめぇ、主あるもん……亭主のある女房に手を出したわけじゃあるめえな?」

ズバリ言われた新吉さん、観念して口を開きます。

「へえ、実は……そうなんです」

それを聞いた徳兵衛さん血相を変えて、

「なんだと?　この、馬鹿野郎!　いい若いもんがそんなくだらねぇことをして、一番危ねえんだぞ、そういうのはな、ええと──昔っから『ひとの女房と　枯れ木の枝は　登り詰めたら命懸け』てぇ都都逸《どどいつ》があるくらい命がけのことなんだ。それに不義密通はな、バレたら、不義の相手と一緒に『間男と重ねて四つに切る』なんてことされても文句は言えねえんだ。だから、そいつだけは止めにしとけ！」

そこで、少し落ち着いて思案する徳兵衛の旦那。

「――と言ったって……もうやっちまったんなら後の祭りだ……それでおめえ、夜逃げしようってえのか。逃げようってぇくれぇだから、相手の亭主に、わかっちまったのか？」

「あの……旦那、わかっちゃいましたか？」

「なに言ってんだよ。俺に訊《き》いてどうする。おめえが間男をした家の亭主にわかっちまったのかって聞いてんだよ！」

「その旦那の家ってのが……あたしの一番お世話になってるお得意先なんですよ。そこの旦那にも、えらく贔屓にしてもらってるわけでして――」

さすがの徳兵衛さんもあきれ顔で、

「おめえ、そんな恩ある旦那のおかみさんに手ぇ出したのか。それじゃあ、旦那に対して、義理が立たねえじゃねえか。で、いったいどういう経緯《いきさつ》で、そんな羽目になった？」

「その旦那のおかみさんも、あたしを贔屓にしてくれてるんで……で、急にあたしんとこに手紙がきて、旦那が留守で、その日は帰らないから泊まりに来ておくれって、こう書いてきたんですよ」

「ふーん、聞いたふうな話だな。——で、おめえはどうしたんだい？」

「最初は行くまいと思ったんですがね、行かないとおかみさんの不興を買っちまうんですよ。だから、まぁ、行くだけ行ってみたんですが……」

「——で、どうなった？」

「それで、まぁ、貸本の話かなんかしてるうちに、遅いから泊まって行けって言うんですよ。あたしが嫌だって言ったら、じゃ、旦那に、留守んところへお前が来て、泊まって行くって聞かないから泊めたって告げ口すると——こう言い出すわけでして」

「へーえ、そりゃ、性悪《しょうわる》のおかみさんに捕まっちまったもんだ。亭主の顔が見てえもんだ。……だはははは、そうかい。それで？」

「旦那、笑い事じゃありませんよ。他人事じゃないと思って聞いてください。——ともかく、そんなわけで、泊まるようなことになっちゃったんで……」

「他人事だぁ？　こちとら、さっきから親身になって聞いていますよっ。——で、それから？」

「それで、まぁ、床のべてもらって、あたしが先に寝たんですよ」

「ふん、ふんふん……いいとこへきたね、どうも」

「そこへおかみさんが長襦袢一枚んなって入って来たんです」

「よっ！　そこだ、そこだよ。くそーっ、見たかったね。なんで、俺を呼んでくれなかった？　おめえ一人いい思いして……悔しいねぇ、なんか奢《おご》れ、この野郎！　それで、そ、そのあとどうした？　濡れ場はどうだったてんだよっ！」

「いや、それが、寝た途端に旦那がけぇって来たんです」

「なっ、なんだよ、その旦那、野暮《やぼ》な野郎だねぇ、ここまでさんざん盛り上げといて……なんで、そんな間抜けなところで、けぇって来やがるんだろうねぇ」

「ちょっと、旦那、どっちの味方なんすか？」

「ああ、つい、興奮して、悪かった――で、おめぇ、それから、どうしたんだ？」

「もう、びっくり仰天《ぎょうてん》、肝を冷やして、慌てて、おかみさんに裏から逃がしてもらいました」

「ああ、そりゃあ、よかったじゃやねえか。もう、そんな家へ行くなぁよせよせ、そんな危ないマネしなくたって、おめえくれえいい男なら、若い女なんて、いくらでも寄ってくるだろうよ」そこで徳兵衛さん首を傾げ、「しかし、おめえ、どうして夜逃げしなきゃならねえんだ？　うまく裏口から逃げたんだろ、旦那にゃ見つからなかったんだろ？　間男がバレなかったなら夜逃げしなくともいいじゃやねえか」

「へえ……でも、駄目なんです」

「なんで？」

「紙入れを……部屋に忘れてきちゃったんです」

「なに、紙入れを？　そんなもん、旦那にめっかっても、おいらのもんじゃねえって、しらを切って突っぱねりゃぁいいんだ」

「いえ……それが駄目なんです……そこの家の旦那、あたしの紙入れを知ってるんです」

「おめえの紙入れって……あぁ、あの金糸のへえった……珍しいのが手に入った、って俺んところにも見せに来た、あの紙入れか。そりゃ、えらくまずいですよ。あんなものはなぁ、そうそうその辺に転がってる品じゃぁねえからね」

「それに、旦那のおかみさんから来た手紙が、紙入れん中にへえってるんです」

「あちゃ〜、そりゃ、マズい。おめえ、なんだってそんなものを後生大事に紙入れなんかに入れとくんだよ。寺社仏閣《ぶっかく》のお札やお守りじゃないんだよ、えぇ？　そういうもんは、すぐに燃しちまうんだよ！　ったく、色事のひとつもしようなんて野郎は、もうちょっと物事をかんげぇて用心深くしなきゃぁいけねぇ。マズいなぁ、それは絶望的にマズいよ。そんなもん、めっかっちゃった日にゃぁ言い訳のしようがねぇじゃぁねぇか——」

「あんた」と、そこで不意に居間に現れたおかみのお岩さんが口を挟む。「新さんが間男したって？　で、紙入れを忘れたって？　大声出してるから隣の間のあたしのとこにも話は筒抜《つっぬ》けだよ。——その話の様子だと、新さん、間男というより、そりゃ間抜け男だね」

「薄情な奴だ。そんな落語のオチみてえなこと言ってる場合じゃぁねぇよ。本人の身になってみな、ええ？　ずいぶん可哀相《かわいそう》じゃぁねえか」

お岩さん、鼻を鳴らして、

「ふん、浮気なんかするからだよ。癖《くせ》になるから、ほっときゃ、いいじゃない」

「女てえものは薄情だねえ……新公なんざ、夜逃げするって、今日は暇乞いに来たんだぜ」

「そりゃぁ、まあ可哀相と言えば可哀相だけどねぇ。でも、あたしは大丈夫だと思うよ。だってさ、考えてもご覧なさいな。旦那の留守に、若い男でも引っ張り込もうてえ、遣り手のおかみさんだよ、ネエ。旦那が帰って来たからったって、新さんを逃がしたあと、旦那を迎え入れて、そのまんまなんてことはしないかと……あたしゃ思うんだよ。そのおかみさん、慌てた新さんが、なんか忘れ物でもしていないかと、あちこち見回るでしょうよ。すると火鉢の陰《かげ》かなんかに新さんの紙入れがあるじゃぁないの。あら、こりゃ、あの人のだ。じゃぁ、あの人が次に来た時に、旦那にわからないように、内緒で渡してやろう——って思って、そのおかみさんが紙入れを隠し持っていやしないかしら？　ねぇ、そうじゃなくって？　ウチの賢い徳兵衛の旦那様ァ〜」

「あ？　へへっ……あぁ、そうだ、そらぁ、そのかみさんが持ってるだろうよ。間男を誘うような悪知恵の働く間女ならな。うん。心配すんねぇ。まぁ、仮にそれを亭主が見たところでだよ、間男されるような間抜けな野郎だよ、ハッハッハ……そこまでは気がつくめえて」

一同、その言葉に哄笑《こうしょう》したところで、徳兵衛さんが真顔になって、

「――で、その間抜けな亭主が、この俺様というわけだ」

その一言に間男・間女が凍《こお》りつきます。

徳兵衛さん、二人を睨みつけながら、おもむろに懐《ふところ》から新吉の紙入れを取り出します。

「昨日、帰ってきて早々に、火鉢の陰にこいつがあるのを、めっけたわけだ。中にへえってる手紙も読んだよ。おめえらの不義密通はまるまるわかったぜ。だからこの手証《てしょう》を番屋《ばんや》に届ければ……いやさ、それでなくとも、二人重ねて四つに切って――」

――と、その時！　徳兵衛さんの言葉が途中で途切れ、

「う、うぐぅ……」と、苦悶《くもん》の呻《うめ》きを漏《も》らす間抜けな亭主に逆戻り。

いつの間にか、徳兵衛さんの背後に回ったおかみさんの腰紐《こしひも》が亭主の首に巻き付けられております。

「さ、新吉、紐のそっちの端を引っ張るんだよ。女手一つじゃ、こいつを縊《くび》り殺すのは無理だから、二人がかりで殺っちまうんだよ――」

苦悶のあまり暴れる徳兵衛さん、手にしていた紙入れをぽーんと窓の外に放り出してしまいます。

「あ、手証の紙入れが！」と新吉。

「そんなもん、あとで拾ってくりゃいいだろ！　今は、この唐変木《とうへんぼく》を縊り殺すことだけ考えて……ほら、もっと力を入れて！」

――と、とんでもない間男・間女の鴛鴦《おしどり》があったもんで。

その後、徳兵衛を縊り殺した間女お岩は、犯罪の隠ぺい工作に走ります。

「新吉、ほら、そこらの箪笥《たんす》の引き出しをさっさと開けて、銭や金目の物を持っておいき。この殺しを押し込み盗賊の仕業に見せかけるんだよ！」

捕物《とりもの》

ところ変わって、事件の翌日の鈴ヶ森《すずがもり》近くの番屋。岡っ引きの半ちくの半竹が、近所の檀那寺《だんなでら》の住職――無門道絡師《むもんどうらくし》と何やら相談事をしております。話題は昨日発覚したとび職殺しの一件のようでして――。

半竹が珍しく考え込みながら口を開きます。

「いえね、昨日のとび職の親方――徳兵衛殺しの一件が、どうも腑《ふ》に落ちないところがありまして……」

「ほう、それはどうしたことじゃな?」道絡師が時候の挨拶《あいさつ》でもするかのように応じます。

「へえ、徳兵衛の女房は、これは、近隣を荒らしまわっている盗賊団――烏丸組《からすまぐみ》の仕業に違いないと決めつけているんですが、あっしにはどうも……」

「何か不審な点でもあろうか？」

「まず、烏丸組の手口らしくねえ」

「ほう、と言うと？」

「まず、烏丸組が襲うのは大金持ちの大店《おおだな》だ。一介のとび職の持ち金なんてせいぜい十両がいいとこだ。それに、盗みの手口もおかしい」

「ふむ、どうおかしい？」

「物色の跡はあるんだが、いくつかある箪笥の棚の一番上の引き出しのみが開いていた」

「ふむ、わかるぞ。盗人というものは、物色する際、下の引き出しから順番に開ける。そのほうが手早く広範囲を検《あらた》められる理にかなった方法だからな」

「——でしょ。それに真昼間《まっぴるま》の殺しの手口も、らしくない」

「烏丸組は、その名の通り黒装束で夜陰に乗じるのが常だったな。それに殺しには、刀や匕首《あいくち》を使うと聞く」

「そこが、一番引っかかるんですよ。なにも細紐で手間暇《てまひま》かけて縊り殺さなくても、刀でバッサリ殺《や》っちまえばよかったんだ」

道絡和尚《おしょう》、感心したように、

「半ちくの、おぬし、なかなか、忖度《そんたく》・斟酌《しんしゃく》の力がついてきたな。もう、半ちくの二つ名を頂戴《ちょうだい》した三河町《みかわちょう》の半七《はんしち》親分の力量を追い越しているんじゃないのか？」

「えへへ、それほどでも」

「ともかく、徳兵衛殺しの下手人《げしゅにん》は他にいるわけじゃな?」

「そこで、和尚のお知恵を拝借したいと——」

「まあ、烏丸組の手口でないとすると、これは素人《しろうと》の仕業じゃな。荒縄の類《たぐい》でなく細紐を用いたところは、女の仕業ではという線も出てくる」

「しかし、女の力では、とても徳兵衛のような大男を絞め落とすことは——」

「男の共犯がいたんじゃないか? 二人で力を合わせて綱引《つなひ》きみたいに絞め殺したと考えれば——」

「なるほど、あそこに出入りしている貸本屋の新吉は、なかなかの色男で、あちこちで、色恋沙汰の噂《うわさ》が絶えないし、こりゃ、ひょっとして、間男が露見して、逆に徳兵衛さんを返り討ちにしてしまったのかも——」

「ふむ、ともかく徳兵衛宅へ行って——」その時、番屋の戸を開く音が、道del師の話を途中で遮《さえぎ》った。

そこには雨森《あまもり》長屋の名物男が立っていた。

「おや、与太郎《よたろう》」半竹が声をかける。「相変わらず馬鹿か?」

「馬鹿はよくねえ。二つ名の魯鈍《ろどん》と呼べ」

「ああ、ラドンの与太郎さん、何の用でい」

「ラドンは火山に棲《す》む神獣《しんじゅう》でしょうが！　まあ、いいや。物を知らねえ奴に何を言っても仕方ねえ……用事ってのはだ……落とし物を拾った。錦町《にしきちょう》の小間物屋の前だ。落とし物は番屋に届けるのが筋だって、おっかあに言われたもんだから」

「そうか、それは偉《えら》いぞ」道絡師がやぶ睨みの目を細めて猫なで声で言う。「その落とし物とやらを、見せてくれんかな……」

解決

ところ変わって、翌日の徳兵衛さん宅。間男・間女の鴛鴦下手人二人組が何やら言い争っております。

お岩さんが苛々《いらいら》した様子で新吉に向って、

「──で、ほんとに紙入れ、めっからなかったのかい？」

「あ、ああ。窓の外の道端やドブも探してみたんだが、めっからねえんだ。そいで、向かいの小間物屋にも訊いてみたんだが──」

「まあ、余計なことを」

「小間物屋も知らねえって。紙入れだったら、誰かが拾っていったんじゃねえかって……」

「紙入れには、あたしの手紙の他に、銭の類は入っていたのかい?」

「ああ、貸本代の釣り銭とか……少額だが」

「それなら、好都合じゃないか」お岩さん、考え込みながら、「……仮に誰かが拾ったとしても、その銭に目がくらんで、紙入れごと懐に入れ、届け出ないってこともある……そうなりゃ、あたしの不義密通の手紙も露見せず——」

「いや、おかみさん、世間の連中が、あんさんみたいな性ワルばかりとは限らねえ。拾った紙入れを正直に、どこぞに届け出るなんてことも——」

これにはお岩さん、かっとして、

「なんだいっ! ひとのことを性ワルだと? この一件、元はと言えば、新公、お前が間抜けだから、ここまで追い込まれちまったんだろう!」

「そうよな……」新吉、すっかりおろおろして、「岡っ引きだって、こっちの盗賊の仕業だって申し立てに合点のいかねえ様子だったし……」

「んもうっ! 小心者だね。あの手紙さえ出てこなけりゃ、あたしらのしたことの手証はないんだから、岡っ引きだろうがお奉行だろうが、手出しはできないんだよ」

「でも、間男は四つに切られて……」

「四つに切る張本人の旦那は、あたしとあんたの手にかかって、今頃あの世行きだよ!」

「それでも、不義密通は死罪だというから……」

「うるさいっ、意気地《いくじ》なし！　だから、手紙さえ出てこなけりゃ――」

――と、下手人同士が醜《みにく》い言い争いをしているところへ、戸口から呼ばわる声が聞こえてまいります。

「えー、コンチワー、誰かいるかい？」

慌てたお岩さんが、戸口に立っている男を見て、

「あら、あんた……確か、雨森長屋の――」

新吉が続けて、

「この落語界隈《かいわい》でも有名な、魯鈍の与太郎さんじゃないか。――いや、今、ちょいと取り込んでるんだが、何用で？」

「ん？　取り込み中？　なら、けえるかな……いや、ここんちの近くで紙入れを拾ったもんで、お宅のものなら返そうかと思って……」

「あらっ」と絶句して顔を見合わせる不義密通の悪党二人。

お岩さん、急に笑顔を取り繕《つくろ》って、

「まあま、そうよ、ここにいる新さんがね、紙入れを落としたってんで――それで、あたしら取り込み中だったわけ。――そうかい、偉いね、あんた、届けに来てくれたのかい？　ありがとよ。正直者にはご褒美《ほうび》を……お茶に団子でも出すから、中へお入りよ……」

「そうだよ、玄関口でうだうだ言っってても外聞《がいぶん》がわりぃから――」と、新吉が口を挟む。

「なに余計なこと言ってるんだい。さあさ、与太郎さんを居間に案内して――」

――てんで、与太郎さん、誘われるままに居間に通されます。部屋の奥には、一昨日《おととい》、不義密通二人組に縊り殺されたばかりの徳兵衛さんの遺体の入った早桶《はやおけ》が、縄もかけぬまま、でんと置かれております。

「――で、与太郎さん、紙入れは?」与太郎の背後で茶を入れながらお岩さんが訊きます。

「あ、おいらの懐に、へえってるよ」

「紙入れの中は検めた?」

「アラタメタって、見たかってことか?」

「そうよ、そう。見たのかって訊いてるの」

「ああ、見たよ。鍋銭《なべせん》とか手紙みてえのが……へえってた」

「ふーん、手紙みたいなのが……で、あんた、それを読んだのかえ?」

「ふん、これでも、寺子屋で読み書きは教わってらぁ。あんな手紙ぐれえ読めらぁ」

「で、なんて書いてあった?」そう言いながら、お岩さんの手には腰巻の紐が握られます。

「ええと……今夜、旦那いねえから、遊びにこいとか……」そこで与太郎さんの首に背後から腰紐が回ります。「ああっ、うぐぐっ……」

お岩さん、一昨日と同じ凄い形相で、

「ほらっ、新公、この紐の端を握って、こないだみたいに二人で締め上げるんだよ。この馬鹿を縊り殺して口を塞《ふさ》いじまうんだよっ！」

「合《が》っ点《てん》だ」と、新吉が紐の端に手をかけたところで、肩をぽんと叩く者が。驚いて振り返る新吉が、「あっ、あんさん、岡っ引きの半熟の――」

「半熟はゆで卵だろ。俺のなめえは捕物名人の半竹！」と言いながら、有能な岡っ引きは、新吉とお岩を突き飛ばし、与太郎の首の腰紐をほどいてやる。「はい、殺しの現場を押さえたんだから、おめえら、おとなしくお縄を頂戴しろ。罪状には、おとついの徳兵衛殺しの一件もへえってるから、二人合わせて獄門《ごくもん》都合四回でも、お釣りがくるだろ」

開き直ったお岩が、反駁《はんばく》いたします。

「へっ、徳兵衛殺しだって？　あたしが旦那様を殺したっていうのかい？　なんの手証があって――」

その時――。

ガタンと、奥の早桶の蓋《ふた》が開いて、中から坊主頭の人影が立ち上がります。

「ひえぇぇ～、で、出たぁ～」と腰を抜かす新吉。

いっぽう、肝の据わったお岩のほうは、早桶の人物を見定めて、

「臆病者！　あれは徳兵衛の幽霊なんかじゃないよ。ウチの檀那寺の和尚の道絡さんじゃないか」

「へ？　和尚？」改めてしげしげと坊主頭の人物を見た新吉が、「いや、和尚――の顔は知

らねえが……あの顔は知ってる。あすこにいるご仁《じん》は、ウチの貸本でも人気急上昇の戯作者——鴉屋古論坊先生で……」

そこで道絡師、呵々大笑《かかたいしょう》しながら、

「どちらも正解じゃ。わしは、いかにも新吉の貸本屋に読本を卸しておる戯作者鴉屋古論坊。じゃが、それは世を忍ぶ仮の姿。本業は禅寺の住職、無門道絡というれっきとした高僧で……」そこで笑い止み、少し声を落として、「……じゃが、近頃、本業のほうがさっぱりでな。天下太平すぎちゃって、新たな仏がなかなか集まらん。それでお布施の額も激減——雲水《うんすい》たちを食わせるので精いっぱいという有様……そこで、一念発起《いちねんほっき》、鴉屋古論坊という筆名で本を書くことにした。ほれ、武家のご隠居が実録物と称するつまらん本を書いて小遣い稼ぎをしておるじゃろう？　それに倣《なら》ってわしもな——ところで、お岩殿もわしの書いた『紙入れ謎一寸徳兵衛』は、読んでくれておるよね？」

「はぁ」あまりのことに茫然《ぼうぜん》としたまま、つい答えてしまうお岩。「鶴屋南北のマネみたいな外題だけど、中身は参考にはなり——あっ」

「ほれ、言質《げんち》を取ったぞ」我が意を得たりと頷《うなず》く道絡師。「あんた今、参考になったと言ったな。あの世話物には、不義密通をめぐる亭主殺しが描かれておる。ちょうど、あんたらが置かれているような図式の話でな。それを読んだあんたの頭の中で、旦那の徳兵衛殺しの絵図面が出来上がった。そして、共犯者にするべく新吉さんを呼び寄せて、元々、その夜に帰ることになっていた旦那を殺した――そこまでは絵図面通りでよかったが、その後で思わぬ失策が生じてしまう」

「旦那が窓の外に放り出した、あたしの紙入れですね」うなだれた新吉がポツリと言った。

「そうじゃ。不義密通の唯一の手証である手紙が入った紙入れ――それを、そこにいる正直者の与太郎さんが、わしらの許《もと》へ届けて来てな。その紙入れの中の手紙を読んだ時、わしのなかで、この一件の絵解きが大方出来上がった。そこで、きのうの枕経《まくらぎょう》ついでに開けておいた裏庭の木戸から忍び込み、ちと窮屈《きゅうくつ》じゃったが仏様と一緒に早桶の中に潜《ひそ》んで、あんたらの徳兵衛殺しに関する会話の一部始終を聞かせてもらったよ。――そして、駄目押しとして……」

今度は、さすがに観念したお岩が後を続けます。

「――馬鹿の与太郎を送り込み、あたしらに口封じの犯行を再現させて現場を取り押さえようという……これは罠《わな》だったのね」

「ああ、これは、刑事コロンボの《トリック返し》という高度な捕物手法でな……」と、上機嫌の道絡師が、つい余計なことを喋ってしまいます。

それを聞きとがめた岡っ引きの半竹が、

「へ？　なんすか？　ケイジ・コロンボ？　それにトリックとかってのは？」

「あ、いや」にわかに狼狽《ろうばい》する道絡師。「いや、ケイジ・コロンボじゃなくて、ケチの古論坊――わしのことを言ったの。それに、トリックじゃなくて、トックリ――酒を入れる徳利のことを言ったのよ。ほれ、わしの須磨帆《スマホ》の鏡に、そういう言葉が映ってな……」

「ああ、森羅万象が手軽に映し出されるという、巫女《みこ》さん愛用の便利な銅鏡――」

「まあ、細かいことはええじゃろ」そこで厳《おごそ》かな顔になって、「……これは、修験道《しゅげんどう》の密儀に関わることだで、それ以上の詮議《せんぎ》だてはせんことじゃ。ともかく、これで一件落着、早いとこ、こ奴らにお縄をかけて、しょっぴきなされ」

――てな塩梅《あんばい》で、お縄となった貸本屋の新吉が、未練がましく申します。

「……あたしはね、見ての通りの小心者。間男はしたが、殺しをするつもりは、これっぽっちも、なかったんでさぁ」

それを受けて道絡師がサゲの一言を申します。

「間男《まお》だけに、魔《ま》が差したというやつじゃろう」

ふたなりの首《くび》吊《つ》り人《にん》

落語魅捨理全集四

えー、本日は、わたくし二代目鶯春亭梅狂《おうしゅんていばいきょう》の襲名披露《しゅうめいひろう》ということで、多くのお客様にお運びをいただき、ありがとう存じます。今般《こんぱん》、わたくしのいただきました名前のオウシュンは師匠筋から継いだ名で、少しむつかしい漢字ですが、ウグイスの啼《な》く春を表しております。そうしたのどかな時には、おめでたい梅の花も狂うがごとしと……まあ、のどかなんだか、騒々しいんだかわからないような襲名でございますが、以後、御贔屓《ごひいき》のほど、よろしくお願い申し上げます。

さて、そうした記念の口演ということもございまして、本日の演目は、新生梅狂を名乗るのに相応《ふさわ》しい、わたくし自身の手による噺《はなし》をかけることにいたしました。外題は『ふたなりの首吊り人』――首吊り人と言っても、三遊亭圓朝《さんゆうていえんちょう》師匠のような怪談の類《たぐい》ではございません。今から三十年ほど前――わたくしが、鶯春亭に入門する以前、鈴ケ森《すずがもり》の海っぺりで海苔《のり》やら鰺《あじ》の類の漁師をしていた時分の体験談に基づいた、いたって呑気《のんき》な笑い噺でございます。

まずは、「ふたなり」という言葉についてお話をさせていただきます。

ふたなりとは、漢字では、二つのものから成ると書きます。つまり、一つのものが二つの形状を持つことをいい、これが、人の場合は、男性と女性の性器を兼ね備えた、いわゆる両性具有《りょうせいぐゆう》を指すことになるわけでございます。

両性具有――なーんだ、半陰陽《はんいんよう》のことかと、ご当地、両国《りょうごく》の見世物小屋《みせものごや》や遊郭界隈《ゆうかくかいわい》日蔭《ひかげ》花《ばな》の類を思い浮かべる方がいるとしたら、これはいけませんですよ。そうした考えは差別偏見というものでございます。

ふたなりというものは、本来が、神仏に繋《つな》がる尊いものなのでございます。

――喩《たと》えますれば、観世音菩薩《かんぜおんぼさつ》。

観世音菩薩は、「慈母観音《じぼかんのん》」という言葉があるように、俗に女性と見る向きが多い。また、地蔵様が男性の僧侶形《そうりょがた》の像容であるのに対し、観音様は女性的な顔立ちの像容も多いことからそのように見る場合が多うございますな。俗と言えば、遊郭界隈で、女陰《にょいん》を観音様に見立てるという助《すけ》べえどもの隠語もございまして、これなど言語道断《ごんごどうだん》の罰当たりな物言いと申せましょう。

観世音菩薩の観世音とは――世の音を観《み》る、つまり、広く衆生《しゅじょう》の苦しみの声を聞き届けること、また、菩薩とは、ただちに苦しむ衆生を救済する求道者《ぐどうしゃ》のことを意味いたします。

そうした観音様の公平無私な在り方に、やれ男だ、やれ女だと性別を詮議立《せんぎだ》てするのは、衆生の思いあがりであり、ご都合主義というもの。そもそも神仏に救いを求める卑小《ひしょう》な我々が、その性別を問うなどということは、余計、失礼、夜郎自大《やろうじだい》だと――わたくしは言いたいわけでして。

噺の枕が、少しお堅《かた》い話になってしまいました。

――とにもかくにも、ふたなりは決して悪いことではないと心に留めながら、今宵《こよい》の一席をお愉《たの》しみ願えたらと存じまする――。

鈴ヶ森の海っぺりで漁師の見習いをしております鱒蔵《ますぞう》という若い衆がおりまして、これが博奕《ばくち》の悪癖《あくへき》がございまして、地元の盆で貸元に十両の借金をこさえてしまいます。困り果てた鱒蔵さん、夜更《よふ》けに網元《あみもと》の波平《なみへい》さんの許《もと》を訪ねまして、懇願《こんがん》いたします。

「――というわけで、網元、明日までに、どうしても十両の金をこさえないと、指詰めどころか、腕の一本もいただくぞと、大森《おおもり》一家の貸元に凄《すご》まれまして……いろいろ、工面に回ったんですが、どうともならず、こうして面倒見のいい網元を頼って、参りましたわけでして……」

これを聞いた波平さん、頭を掻《か》いて、

「……十両と言やあ、大工の棟梁《とうりょう》の一年分の稼ぎだ。いくら網元の俺でも、そう簡単には用立てられねえ。それに、こんな夜更けに、『明日までに』と言われても、大方の金貸しは寝ちまってるだろうし――」

「夜も昼もないような金貸しはないもんでしょうか……」

「そんな都合のいい金貸しなんて――」と言いかけたところで、波平さん、ぽんと手を打ちます。「――そういや、座頭《ざとう》の市《いち》さんがいたな」

鱒蔵さんも顔を輝かせ、

「ああ、座頭さんだったら、元々目が不自由で昼も夜もないような暗闇《くらやみ》の生活をしているだろうから、まだ、起きてるかも……」

「あ？　その言いよう、差別じゃねえよな」

「へい、ギリギリんとこで喋《しゃべ》ってますんで」

「……まあ、そういうことだ、夜更けでも起きていなさるだろう。それに、座頭の市さんなら、博奕好きで盆で駒はっても大枚稼いでいるし、元々、按摩《あんま》と金貸しの兼業だから、いずれ京へ上って別当《べっとう》やら検校《けんぎょう》やらの高い地位を買えるくらいの金は――」

「うまい！」

「何がだ？」

「兼業で検校の地位を買うって駄洒落《だじゃれ》」

「バカヤロ！　感心するのそこじゃないだろ。ともかく、市さんは何百両って金をため込んでいるって噂《うわさ》だ。だから、同じ博徒の窮状《きゅうじょう》と憐《あわ》れんで、十両ぐれえ、ぽんと貸してくれるかも」

「そりゃ、いいすね！　早速、その座頭の市さんのところへ駆けつけて——」

「いや、そりゃ、無理だ」

「なぜ？」

「市さんは、鈴ヶ森の刑場前の森を抜けたとこに棲《す》んでいなさるから——」

「ああ……」鱒蔵さんも天を仰《あお》いで、「夜な夜な鈴ヶ森の獄門《ごくもん》に晒《さら》された亡霊が出るという——あすこを通らなきゃならないと？」

「そう、品川《しながわ》界隈じゃあ、獄門森とか呼ばれているのは、おめえも知ってるだろ……」網元、消え入るような声で、「狐狸《こり》の類が化けて出ても怖かぁねえが、これが亡霊となると、どうも苦手でね……」

「亡霊が得意な奴なんて、かえって、心持ち悪いや……」そこで、毅然《きぜん》となった鱒蔵さん。「でもね、網元は、そんな臆病者《おくびょうもの》じゃねえはずだ。以前、銛《もり》を使って、鮫《さめ》を仕留めたって自慢してたじゃないですか」

「あ……あれ、鮫は鮫でも、猫鮫《ねこざめ》ね。このあたりにゃ、人を食うようなデカい浄厨《じょうず》みてえな鮫はいないから——」

「は、なんスか？　ジョーズって？」

「いやね、高輪《たかなわ》のお坊様から聞いたんだが、海の向こうの亜米利加《あめりか》国には、人を丸呑《まるの》みにして浄土や厨子《ずし》——神棚のことだな——へ送り込むような、でっけえ鮫がいるってこった」

「仏教と神道、宗派は違えど——」

「あ?」

「極楽浄土や神棚へ送り込んでくれるなら、その浄厨とやら、いい奴じゃやねえですか」

「なんだか、学問があるような物言いじゃねえか。おめえ、ホントに漁師なのか?」

「ともかく、網元は銛を使えるんだから、亡霊なんぞ、ブスリとやっちゃえばいいんですよ。あっしは、刺身包丁持って加勢しますから。それとお宅の下働きの小兵衛《こへえ》には投網《とあみ》でも持たせて一緒に行けば——」

「ん? なんで投網なんかを?」

「それで亡霊とっ捕まえて、両国の見世物小屋にでも売りゃあ、軽く二十両ぐらいになるってもんでしょ。そうすりゃ、座頭の市さんに借金せずに済むし、貸元に返して余った金でまた博奕が打てる——さあ、獄門森、三人で通れば怖くない、ですよっ!」

——と、博徒というものは、懲《こ》りないもんでして、ともかく漁師三人組は、それぞれ、銛、包丁、投網を持って、魚釣りならぬ亡霊釣りに、夜更けの獄門森の闇の中へと入っていったのでございました。

＊

それぞれに得物を手にした漁師三人組。それでも、やはり夜の獄門森は怖いもんで、提灯《ちょうちん》を提《さ》げた小兵衛さんを先頭に、鱒蔵さん、網元の波平さんと、及び腰で連なって参ります。

鳥や虫の音にもいちいちおっかなびっくりで、森の小道の道程の三分の一まで来たところで、小兵衛さんが、

「ああ……で、出たぁぁぁ！」

「何が？」と波平さん。

「月が、か――？」と下手な噺家みたいな返答の鱒蔵さん。「今夜は曇《くも》りだが――」

「い、いえ、月じゃなくて、人魂《ひとだま》……鬼火が……あすこの大木の下に……」

「あ？」と前方に目を凝《こ》らす鱒蔵さん。「……ありゃ違うよ。人魂、鬼火の類は青白いもんと相場が決まってらぁ……あのあったけえ明かりは提灯のもんだ」

「……で、でも、こんな夜中の獄門森に提灯提げて……いったい誰が？」

「座頭の市さん……とか？」と波平さん。

「でも、網元、元々目が見えねえ座頭さんが、夜道に提灯なんか提げますかい？」と鱒蔵

さんが反論いたします。

「いや、座頭だって、提灯提げることはあるよ。芝居の『座頭市物語《ざとういちものがたり》』ん中で以前観たことがあるんだが、市つぁんが笹川《ささがわ》の浄勝寺《じょうしょうじ》からの帰途——まあ、そんなことどうでもいいや……ええい、人魂・鬼火の類じゃないとわかったら、うだうだ言ってねえで、近づいて確かめりゃいいじゃねえか」

——てんで、提灯の明かりのそばまで参りました漁師三人組。そこで目にしたものは、枝ぶりのいい松の樹の下の大石の上に座って、うつむいている振《ふ》り袖《そで》姿の町娘でございました。

「あ、やっぱり獄門島《ごくもんじま》で惨殺された町娘の亡霊……」と小兵衛さんが震え上がりますが、網元の波平さんが制して、「ん？　獄門島は瀬戸内の海賊の根城——ここは獄門森だぞ」

「そ、そんなこまけえこと、どーでもいいスよぉ。獄門島が海賊の根城なら、獄門森は山賊の出城なのかも知れねえじゃありませんか……」

「あー、わかった、わかった」小心者の小兵衛さんを落ち着かせるために、網元が娘のほうへ向き直り、「もし、お前さん、どなた様で？」

「はい」消え入るような声で娘が答えます。「山王《さんのう》で商いをしております小間物屋の娘で——お染《そめ》と申します」

そこで、うつむいていた娘が顔を上げ、

「みなさまがたは？」

「あっしは、地元の網元の波平」

「あっしは、バクチ……じゃなかった、爆竹《ばくちく》や花火大好きのお祭り漁師の鱒蔵」

「おらっちは、網元んところで副網元として漁師を率いている小兵衛でござる」

「おい、勝手に階級を変えんな！」と小兵衛を叱責《しっせき》する網元、娘の方へ向き直り場を取り繕《つくろ》うように問いかけます。「それにしても、そんないいお店の御寮《ごりょう》さんが、夜中に、こんな物騒なところで、独りぼっちで何をしていなさる？」

「はい……」と言って、またうつむくお染さん。「首でも括《くく》って死のうかと思って……」

「若い身空で死のうだなんて――いったい、どういうわけがあるか、あっしに話しちゃあ、くれませんか？」

「そうですよ」と鱒蔵さんが口添えを致します。「網元さんは、この界隈じゃあ、面倒見のいい世話好きのお方として慕われてるんだ。場合に依《よ》っちゃあ、妙案を出してくれるかもしんねえよ」

「そうでしたか……」と顔を上げるお染さん。「……それなら、恥を忍んで申しますが……わたし、駆け落ちしたんです」

「駆け落ち？」顔を見合わせる漁師三人組。

「はい。相手は店の手代《てだい》の三吉《さんきち》」

「三吉？……あの、容子ばかりがいいが、中身は不実な、チャラ男と評判の悪い小間物屋の手代の？」

「そうです、よくご存じで。今となっては後の祭りですが、三吉の正体を見抜けなかったわたしが、馬鹿だったんです。容子の良さに惹《ひ》かれて懇ろになって、とうとうお腹に子供まで宿してしまった。――でも、お父つぁんは三吉を婿《むこ》にすることには、端《はな》から大反対で、仕方なく今夜駆け落ちしたわけで……」

「じゃ、今、駆け落ちの途中で？　しかし、こんな寂しいところを通らなくても、街道筋を辿《たど》っていけば――」

「いいえ、着の身着のままで家を出たもので、当座の路銀を工面するために、この森の外れに棲む座頭の市さんにお金を借りに行ったんです」

「ほう、それは奇遇《きぐう》なこって――」と言いかけて口をつぐむ鱒蔵さん。

代わって網元が尋《たず》ねます。

「それで、座頭の市さんは、金を貸してくれたんですかい？」

「はい、簪《かんざし》や櫛《くし》を担保に、ようやく十両ばかりを」

「ほう、十両を……」思わず顔を見合わせる網元と鱒蔵さん。

「市さんに言われました――自分は、これから京に上って多額の上納金や賂《まいない》を差し出し、別当、検校の身分を頂くつもりだから、御寮さん、すまないが、もうこれ以上の貸金はせんと。たとえ、将軍様に頼まれても、鍋銭《なべせん》も出せん、と」

「……で、その十両は、どこに？」と鱒蔵さんが訊《き》きます。

「わたしの懐《ふところ》の中に」

「で、三吉はどこに？」と網元が訊きます。

「逃げました」

「逃げた⁉」

「お金を借りて、ここまで戻ったところで……鈴ヶ森の刑場のことが頭をよぎって怖気《おじけ》づいたんです。二人で駆け落ちったって、女連れは足手まとい、じきに捕まるのは目に見えてる、俺一人で逃げるから、おめえは家に帰って親に詫《わ》びを入れろと――」

「で、三吉の野郎、お前さん一人を、ここへ置き去りにして？」

「あい……せめて、ここで心中でもしておくれと迫ったのですが、近場の品川遊郭に馴染《なじ》みの見世があって隠れるアテがあるから、俺は心中なんてごめんこうむると、黒猫《くろねこ》飛脚《ひきゃく》みたいに、すっ飛んで逃げていきました」

「黒猫飛脚みてえにって……」網元が呆《あき》れて申します。「ここいらの森に出るという猫又《ねこまた》より悪い野郎だね。――で、お嬢さん、お家に出戻るおつもりか？」

御寮さん、激しく頭を振って、

「いいえ、今更、親に合わせる顔なんて、ありません」

「じゃ、どうなさる？」

「ここで、首を吊って死にます」

「ちょ、待ちいな、心中相手もいないのに、そんな間尺にあわねえことしなくても――」

「そうですよ」と、鱒蔵さんが便乗して申します。「そんなことせずとも、男前のあっしと美しいお嬢さん、ついでに十両のはした金を拐帯《かいたい》して、駆け落ちし直すって手もありますぜ」

「バカヤロ！」網元が一喝《いっかつ》いたします。「おめえの目当ては、お嬢さんじゃなくて十両のほうだろっ！」

それを聞いた、お染お嬢さん、再び駄々っ子のように頭を振って、

「もう、不実な駆け落ちはたくさん！　わたし、やっぱり死にます」

「しかし……死んで花実が咲くものか――ですよ、お嬢さん」

「いいえ、死んでこそ花実が咲くんです――わたしの場合」

「それは、いってえ、どういうことで？」

「三吉に復讐《ふくしゅう》してやるんです。それが、わたしの花実が咲く時――なんです。でも、か弱い女の生身では、廓《くるわ》に乗り込むことすらできやしない。――だから、死ぬんです。死んで亡霊になれば、品川の遊郭でも　蝦夷地《えぞち》の遊郭でも、好きなところへ、ゆら〜りと化けて出て、恨めしや〜って、三吉を呪い殺せるか、と……」

――と、トンでもないことを考える御寮さんがあったもんで。女の恨みは恐ろしや――鍋島《なべしま》や有馬《ありま》の化け猫騒動も顔負けの品川怪猫《かいびょう》騒動の呪詛《じゅそ》へと発展してまいります。

途方に暮れる漁師三人組に、お染さん、さらに懇願いたします。

「――でも、わたし、首吊りの仕方がわからない。だから、皆さんで、哀れな娘を助けてくださいませんか？　鱒蔵さん、お金がいるんでしょう？　だったら、わたしの十両差し上げますから、わたしの首吊りに手を貸してくださいな」

それを聞いて思案投げ首の三人組。しばらくして、鱒蔵さんがほかの二人に提案を致します。

「網元、ここにいる全員に益する策がありますよ」

「なんでえ？」

「まず、お嬢さんには死んでもらう」

「なんだと？」

「だって、そうでしょう。ご本人が本懐《ほんかい》を遂げるには、死んで亡霊になって化けて出て三吉を呪い殺すのが一番だと――」

「そりゃ……本人がそう言っているんだから、それが筋なんだろうがな……」

「――でしょ。そのお染さんの首吊りに俺らが手を貸せば、礼金の十両が転がり込んで、こちとら借金返済で大いに助かる」

「ま、そう言われれば……両方の益にならぁな。——で、俺の益というのは？」

「そうなりゃ、網元も、あっしの借金を工面しなくて済むし、お嬢さんの首吊りを手伝ってやれば、さすが世話上手の網元と感謝されて、この界隈での名望《めいぼう》もいっそう増すというもの。この一件で網元、男を上げるんですよ」

「首吊り手伝いで男を上げる？——うーん、そんなものかな……で、残る小兵衛の益は？」

「……そう小兵衛には、お嬢さんが首を吊った後、番屋《ばんや》の町役人やご実家の両親に知らせる役をやってもらいます。そうすれば、親御さん『この夜中によくぞ知らせてくれた』と、駄賃《だちん》の一つも握らせてくれるでしょうよ」

網元は溜息《ためいき》をつきながらも納得したようで。

「うむ、おめえの言うことには、まあ、なんとなく一理ある。四人全員の益にはなる解決策だわな……」

そこでお染さんのほうを向いて、

「ようがす、お嬢さんの恨みを晴らすには、それしかないようです。俺も世話好きの波平と呼ばれてる男だ。一肌脱ぎましょう。——で、どうやって首吊りをするんで？」

「これで……」と、お嬢さん、腰紐を取り出します。「首を吊ります、でも、首にかける輪のところをしっかり結ぶことが、うまくできなくて……わたし箱入り娘で育ったもので、なんにもできないんです」

「それなら、話は簡単だ。絞首結《こうしゅむす》びはできないが、あたしら漁師には漁師結びってのがありましてね、これが簡単にできるんだが、まず解けることはない完璧《かんぺき》な結び方なんです。――どれ、ひとつ、やって差し上げましょう」

それから年季の入った漁師らしく、お嬢さんの腰紐で、さっさと絞首の紐を作り上げます。

「さあ、これでできた。あとは、ご自分で――」

「できないんです」

「あ?」

「首吊りのやり方を知らないんです。何せ、箱入り娘で育ったもんですから……」

「なんだよ、世話の焼けるお方だなぁ」

「だから、世話好きの網元さん、まず手本を見せてください。なるべく苦しまないで済むような楽なやり方で、お願いします」と勝手なことを言うお染さん。

しかし、そこは、世話好き上等で名の通った網元の波平さん。手本の手順をやって見せます。

「まず、紐の端を樹の幹の根元に縛り付けて、反対の絞首の輪のあるほうを、少し高めのしっかりした枝に引っ掛けます。それから、そこにある石を踏み台代わりにして、そこへ昇って、輪を首にかける。そうしておいて、踏み台の石を蹴《け》り出せば、お嬢さんは枝から下がった宙ぶらりんの、立派な首吊り人になれるというわけで」

「じゃ、お稽古《けいこ》させて」

「はあ？」

「お琴《こと》でも三味線《しゃみせん》でも習い事はお稽古が肝心と親からきつく言われております——だから首吊りにしてもお稽古を。まず、網元さんが、お手本を実際にやって見せてください」

「あ、まあ、そういうことなら……」世話好き上等の網元は銛を手にしたまま、しぶしぶ手本を示します。「こうして輪を首にかけて、踏み台の石を蹴れば——」

——その時、不慮《ふりょ》の事態が！

軽く蹴ったつもりが、昨夜来の雨で地面がぬかるんでいたせいもあって、踏み台の石がずるりと動き、そのまま斜面を滑り落ちてしまいます。当然足場を失った網元の首は締まりまして、苦悶《くもん》のあまり脚をバタバタさせております。

「ありゃ、ヤバい、小兵衛、樹の紐を切って、網元を下ろすんだ！」

——しかし、時すでに遅し。幹の紐を切るまでもなく、網元は、だらんと枝から下がったまま身動き一つしておりません。

それもそのはず、踏み石が外れた際に、銛で縊《くび》り紐を切ろうとあがいた網元が、誤って自分の咽喉《のど》を突いてしまったのでございました。首から流れた血が下ろそうとする鱒蔵さんの手に滴《したた》り落ちます。

「こりゃ、あかん。網元、確かに死んでるよ」

そこで、お染さんのほうを向いて、

「この始末、どうつけます」

「やーめた」

「はあ?」

「首吊りがこんなに苦しいものなら、わたしには、とっても出来かねます。わたし、家に戻って、お父つぁんに詫びを入れ、以後、お琴の稽古に精進いたします」

「そんな……無責任な……」

しかし、お染さんは、さっきまでの呪詛・逆上はどこ吹く風と、涼しい顔で帰り支度を始めております。

さすがに腹を立てた小兵衛が申します。

「いや、網元の親方を殺しといて、ただで帰すわけにはいかねえ。朝には死体もめっかって、番屋や八丁堀《はっちょうぼり》から役人も出張ってくるだろう。そうなったら、俺らはどう説明すりゃいいんだ?」

お染さんが返答できずにいると、一計を思いついた鱒蔵さんが、口を開きます。

「全員の益になる、いい策があるぜ」

「どんな?」興味を惹かれたお染さんが尋ねます。

「まず、その懐の十両をこっちに貰《もら》おうか」

「え？　首吊りのお手伝い料？」

「いや、そ、そんなんじゃねえです。ヤクザのみかじめ料じゃあるめいし、首吊りのお手伝い料なんて聞いたことねえですよ」

「でも、全員の益をよく考えつく賢者の鱒蔵さんのことだから——」

「け、賢者ですかい？」と、まんざらでもない様子の鱒蔵さん。「——そう、修験者《しゅげんしゃ》の修行もしたことのあるおいらの策というのは、先ず、この十両は、網元の借金返済に充《あ》てる」

「網元の借金？」

「そうです。波平の旦那は、世話好きの他、博奕好きでもありましてな。地元の大森一家の盆——賭場のことね——でしくじりをして、十両の借金を抱えていた。だから、俺らがここを通りがかったのも、座頭の市つぁんから借金をするためだったんだ。それをあんたに先を越されちまった……」

「まあ、そうでしたか」

「そうさね、その十両は、本来は網元が受け取るはずのもの。——だから、その金を、おいらが網元に代わって大森一家の貸元に渡せば、ヤクザとの揉《も》め事《ごと》も片が付くし、網元の面目も立つというもの」

「亡くなった網元さんの供養になるんでしたら、喜んで十両差し出します……じゃこれで

――」

「いや、まだ、お前さんには、してもらう始末がある」

「お金はもう……」

「金じゃねえです。書置き――遺書だ」

「遺書?」

「そう、あんたの着物の合わせのところに、『遺』の字が覗《のぞ》いた書付《かきつけ》が見えてるぜ。あんた、ここで首吊りするにあたって、親への詫びや三吉への恨みつらみを書いた遺書を持っているんだろう? そいつをこっちへ渡してもらおうか」

「……でも、なぜ?」

「万が一、網元の死に関して、漁師結びなんかのことで、俺らが疑われた時、お前さんが、親や役人に問い詰められて、俺らだけに罪をおっ被せねえとも限らねえ。だから、そうした時のために、実は真相はこれこれこうでございましたと申し開きするための手証《てしょう》として、あんたの遺書を貰っておきてえんだ」

「……なるほど、あなたの言われることも、ごもっとも」と、恥を忍ぶ様子でお嬢さんが遺書を差し出します。「――じゃ、これで、ごめん下さい」

「いや、まだだ。もう一通、遺書を書いてくれ」

「はあ?」

「網元の親方の遺書を代筆しといてもらいてえ。紙と筆あるだろう？　中身は、博奕の借金で周りに迷惑をかけたから男らしく責任を取るとか――そんなんでいいから、金釘流《かなくぎりゅう》の文字で殴り書いてな――そいつを首吊りの足元にでも置いときゃあ、網元の借金の苦衷《くちゅう》を知って家を訪ねたおいらが、網元不在で嫌な胸騒ぎ……もしやと思い獄門森へ駆けつけたところが、時すでに遅し……首吊り仏の足元には借金苦を訴える遺書が――と、そういう筋書きなら、こんな間抜けな死に方をした網元も、メンツが立つってもんだし、他の三人の誰にも累《るい》が及ぶ心配はねえだろ」

「あら、あんた、またまた仏様を含めた四人の益になることを考えるなんて……あなた様は大した賢者なんだねえ」

「いやぁ、おいらこう見えても修験者の道をも究めたケンジャの中のケンジャ――」

――鱒蔵さんが言い終わらないうちに、捏造《ねつぞう》遺書をさらりと書いた御寮さん、それを鱒蔵さんに手渡すと、黒猫飛脚さながらに、裾をまくって、すっ飛び走りで逃げてしまいます。

「あれ、行っちめえやがったよ……我がまま御寮さんは猫又みてえな速足だね、どうも」

お染さんの遠ざかる後ろ姿を苦々しげに見送りながら、鱒蔵さんが、小兵衛に向って、

「おい、聞いての通り、こちとら、これからが本番だ。この遺書二通をお前に預けるから、偽の一通を仏さんの足元に置いといて、お染の書置きは懐にでも収めておきな。それから

番屋へ届けるんだ——今、お染に言った筋書きを町役人に申し述べるんだ。おめえみたいな、慌て者が言った方が、おいらみたいなみんなの益を考える修験者が下手に芝居するより真に迫って、いいだろ……ほれ、急げや、急げ！」

「で、鱒蔵の兄貴はどうすんだ？」

「あ？　おいらは、世話になった網元が生き返らねえように、鈷を大鮫の浄厨を殺すみてえにブッスリ刺しとくから——」

——と、こんなトンデモ野郎の世話は焼きたくないものでございますな。

そんなわけで、義理も人情もない奸計《かんけい》の徒である鱒蔵さんは、「親方のメンツを立てるため」とか勝手なことをほざきながら、血の滴る鈷を喉元へブッスリと——。

＊

それから半時も経たぬうちに、小兵衛が、岡っ引きの半次《はんじ》と検使役人らしき陣笠《じんがさ》姿の侍《さむらい》を伴って、首吊り現場に戻って参ります。

待ってましたとばかりに鱒蔵さんが早口で偽りの状況説明を致します。

「——というわけで、あっしら、網元の波平親分が、この獄門森外れの座頭市のところへ金の工面に行ってるんじゃないかと思いやしてね。……まあ、恐ろしい森のこってすから、亡霊・妖怪対策の得物持参で駆け付けたんですが……最早、手遅れでした。網元、金の工面が果たせなかったようで、懐には無一文、首吊り仏と化して、足元には遺書の書置きが置いてあるという——検使のお役人様、まだ開封しておりませんので、どうか網元の辞世の言葉を検《あらた》めてやっておくんなさい」

「お前に言われずとも、自分の役儀は心得ておる」

——そう言いながら、検使役人、首吊り遺体を子細に調べ、足元の遺書を取り上げて、開封の上、しばし黙読《もくどく》いたします。それから、不審な顔で首を傾げ、鱒蔵さんに妙なことを尋ねます。「この仏様は確かに網元の波平なのだな？」

「……へえ、網元に間違いありません。一緒に住んでいた下働きの小兵衛も請け合ってるんだから間違えありませんや。なあ——」鱒蔵さんの呼びかけに絡繰《からく》り人形のように頷《うなず》く小兵衛。

「ふむ、で、波平の歳はいくつだった？」

「へ？　……あぁ、確か当年取って七十歳の古稀《こき》を迎えましたが」

遺書を読みながら、ますます首を傾げ考え込む検使役人。

「どうなさいました？」

「ん？　この仏、腑《ふ》に落ちんでな」

「——どこが、でございますか？」

「今、要点を読んで聞かせる――」

「へえ……」

「……いつしかあの人と深い仲になり、ついにはお腹に因果の胤《いん》を宿し候《そうろう》……」

（あっ）鱒蔵さん、心の中で叫びます。（畜生……慌て者の小兵衛の奴、遺書を取り違えやがった！）

そんな鱒蔵さんの様子にはお構いなしに検使役人が続けます。

「――どうもおかしいな、波平とは男の名。しかも齢七十ならば、女でも身籠《みご》ることなど能《あた》わざること……」

そこで、ふと思いついたように顔を輝かせ、

「世にふたなりという男と女の両性を有する者ありと聞くが……改めてお前たちに問う――この波平なるご仁《じん》は、男子《だんし》か女子《じょし》か？」

そこで、鱒蔵さん、苦し紛れに答えて曰く、

「そりゃまあ……強いて言えば、漁師《りょうし》でございます……」

（場内　笑いと拍手）

＊

鶯春亭梅狂師匠、楽屋に戻って参りますと、そこには禿頭《はげあたま》に袈裟《けさ》姿の僧侶と羽織をまとい、帯には十手《じって》という岡っ引きらしい恰好《かっこう》の人物が待ち受けております。

「これは、これは道絡和尚《どうらくおしょう》、いつも御贔屓に――」

「うむ、今日の演目、いろんな意味でなかなかよかったよ」

「ありがとう存じます――で、そちらのご仁は？」

「半ちく《はんちく》の半竹と呼ばれる岡っ引きの親分さんだ。是非《ぜひ》にというので連れてきた」

「じゃ、そちら様も落語がお好きで？」

「いんや、ちょいと捕物出役《とりものしゅつえき》をという仕儀《しぎ》になったもんでな――」

「ほう、と言いますと――？」

半ちくの半竹が答えて、

「いや、おいら二代続けての岡っ引き稼業でね。親父も鈴ヶ森の番所に出入りしていて、なめえを、半一《はんいち》というんだが――」

「半一……？」

「そう、お前さんの体験談に基づくとかいう今の噺に出てきた岡っ引きの半次とは、実は、おいらの親父の半一のことなんじゃないかと思ってよ」

「それはまた……」

「その親父が先般亡くなってね」

「それは、ご愁傷《しゅうしょう》さまなことで」

「その親父が、今わの際に、自分の心残りの一件について、おいらに、後を頼むぞと言い残したわけだ。なんでも鈴ヶ森で面妖な首吊りがあったとかで、そのあらましを語り置き、――お前も、下っ引きから親分と呼ばれるほどの一人前の御用聞きになったのだから、わしの心残りの御用を引き継いでくれんかと頼まれてね。おいらも、聞いた当初は親父たちが狐《きつね》か狸《たぬき》に化かされたんじゃないかと思ったんだが、そんな時は、この界隈では、隠微夢中《いんびむちゅう》に真相を摘抉《てっけつ》して、さながら掌中《しょうちゅう》を指すがごとしと謳《うた》われた素人《しろうと》捕物名人として知られるお方にと、ここにおわす道絡和尚に相談したところ――」

「そこで、わしが――」と、にやけた顔で身を乗り出す道絡師。

「まずは、手証を吟味《ぎんみ》しようと、北町奉行の例繰方《れいくりがた》に赴《おもむ》いてな」

「例繰方……？」聞き慣れない言葉に首を傾げる梅狂師匠。

「そうじゃ。例繰方は、奉行所内の御詮議に関するお調書、口書爪印《こうしょつめいん》や手証の類を保管、吟味する役職でな。わしは、そこに務める北町奉行所の仙波阿古十郎《せんばあこじゅうろう》様や南町奉行所の狩《かり》場蟲斎《ばちゅうさい》様とは昵懇《じっこん》の仲でな」

「その例繰方には、古いものや刀の類なんかも……？」

「ああ、勿論《もちろん》じゃ、江戸《えど》の大火にも被災せずに百年以上……例えば、浅野内匠頭《あさのたくみのかみ》が殿中松《でんちゅうまつ》の廊下で吉良《きら》殿との刃傷に及んだ名刀赤穂塩雨《あこうしおさめ》も……」

「そ、そんなものまで……？」

「そうじゃ」と得心顔で頷く道絡師。「わしが大石《おおいし》様から買い取って例繰方に寄贈《きぞう》したものじゃがな」

「じゃあ、赤穂浪士《ろうし》の討ち入りの軍資金の出処は、ご住職から――」

「う、うふん……まあな。公儀《こうぎ》には内緒じゃよ。他にも例繰方には大八車《だいはちぐるま》の轍《てつ》の跡の図録が百五十種収められていて――」

「ちょっと、ご住職」半竹親分が道絡師の袖を引っ張る。「蘊蓄《うんちく》はそれくらいにしてくださいよ。話が先へ進みませんので」

「うるさいね、お前というものは。本業の捕物では、いつもわしに頼ってる癖《くせ》して……」

「へーい」

「ともかくだ――」道絡師、やぶ睨《にら》みの目を細めながら申します。「三十年前の面妖な首吊り事件なのじゃから、行方知れずの関係者に訊き回るより、例繰方に残された手証の類を検分するのが最善策だと」

「はあ……」怪訝《けげん》な顔で梅狂師匠が訊き返します。「で、その例繰方で、何かめっかったんで？」

「ああ、めっかったよ、爪印の数々が……」

「爪印？」

「はあ？　噺家の癖して爪印も知らんのか。爪印とは拇印《ぼいん》のことっ！」

「ボイン？　あの乳母《うば》さんなんかの、でっかいお乳のことで？」

「いやだね、昭和の一時期にしか通用しない流行《はや》り言葉で、笑いを取ろうという噺家は。拇印というのは、借用書や血判状なんかで、親指に朱や血や墨《すみ》をつけて、印の代わりに捺《お》して――武士から町人・百姓までやっておる本人確認の手証のことじゃ」

「え？」と動揺する梅狂師匠。「ショーワって、なんスか？　笑話《しょうわ》――笑い話のこと？」

「まあ、昭和は、戦争とか高度経済成長期とか、いろいろあったお笑いの種《ぐさ》の時代じゃったがな――いや、反応するの、そこじゃないやろっ」と苛立《いらだ》つ道絡師。「――ともかく、先《ま》ず、面妖なる首吊りの一件で網元の首を突いた銛が例繰方に保管されておった。その血塗れの銛に血糊《ちのり》の拇印がべったりとついておった。それから、首吊り事件の直後、北町奉行による、品川の大森一家の賭場一斉捕物出役があってな、そこの貸元の処《ところ》から、首吊りの日の直前の日付で金十両、借り受け候……河豚吉《ふぐきち》――という借用書が手証として保管されておったのじゃ……勿論、本人確認の拇印が捺してあった」

「――で、その借用書の拇印と……」梅狂師匠が絞《しぼ》り出すように低い声で言いかけたところを、道絡師が引き取ります。「――そう、銛についていた血糊の拇印が一致した」

「ふーむ」と、考え込む梅狂師匠。その顔を見て、益々得意げに顔を輝かせる道絡師が、

「二つの拇印が一致したということは、博奕の借金をした者と奸計を巡らせ銛で網元の首をブスリと刺した者は同一人物、つまり漁師の河豚吉ということになる。まあ、お前さんの噺の中では鱒蔵という役名を与えられておるがな。さっき鶯春亭梅橋《ばいきょう》師匠に訊いてきたよ、弟子の梅狂の本名は漁師の河豚吉だったとな――それらの手証を集めたうえで、前回初演時のお前さんの『ふたなりの首吊り人』を聴いたところ、ややこしい獄門森の首吊り事件の平仄《ひょうそく》がピタリと合ったのじゃ。だから、岡っ引きの半竹親分と共に、三十年越しの捕物御用に参上した。どうじゃ、まいったか、これぞ、残忍野蛮《やばん》な、吊り責めの自白による口書取り――に取って代わる、新しい手証主義の詮議出役のカタチだと、仙波阿古十郎――いやさ、捕物名人の顎十郎《あごじゅうろう》様からお墨付きをいただいておるのじゃ」

それを聞き届けた梅狂師匠、へこたれる様子もなく、

「へえ、新しい手証主義ですかい？　そんなことで、こっちは、お縄を頂戴《ちょうだい》するわけにはまいりませんね」

「なに？」

「だって、手証主義だの、拇印の一致だのと言ったところで、それは借用書と銛を握ったのとが同一人物だったってだけの話で、その銛で仏さんをブスリと突いたという手証には

ならないでしょ。ドジを踏んだ仏さんを憐れんだ河豚吉が、銛を引き抜こうとしてついた拇印だとも斟酌《しんしゃく》できるんじゃありませんか」

「むぐ……」今度は道絡師が絶句する番でございます。「……いや、じゃが、お前さんが、その企《たくら》み、いや、憐れみの善人——河豚吉だったということは、認めるわけじゃな」

「へい。手証の示す通り、あたしがヤクザの借金抱えた漁師の河豚吉でございます」

「ならば、お前さんの噺にある通り、全員の益になるとかの隠蔽《いんぺい》・奸計を巡らせたのもお前さんということになるじゃろう。それで平仄が合うのなら——」

「それも違うね」と言下に否定する梅狂師匠。「実際に奸計を巡らせたのは、噺に出てくるお染——いやさ、その時はお梅《うめ》と名乗っていた女」

「なんか、登場人物の名前が魚や梅ばっかりだね」

「感心するの、そこじゃないでしょっ！」

「おお、すまんの。わしも落語界の住人なもので、つい、お約束のボケをかましてしもうた。——で、そのお梅さんとやらが奸計を巡らしたと……？」

「そうですよ、あたしらが、そのお梅に獄門森で出逢ったところまでは、本当の体験談。あの一件の後、山王・高輪界隈の小間物屋を訪ね歩いたんだが、手代と駆け落ちした娘なんていなかったね。だから、手代に袖にされたって話からして嘘だったんでしょう。その後の全員の益になるという——その実、手前勝手な隠蔽・奸計も、全てお梅が自分だけの益になるよう仕組んだこと」

「ほう……では、改めて問いたい。お前さんのその言い分の手証となるお梅の最初の書置きは示せるのかな?」

「いや」と頭を振る梅狂師匠。「そんなもの、なかったね。これも、後から、小兵衛――本当の名前は梅次《うめじ》っていうんだが――奴に確認したところ、懐から出てきたのは、書置きならぬ木の葉の束だった。――だから、この奸計は、全員に益するどころか、全員被害者の落語もどきの間抜け話だったわけ。だから、あたしは、体験に基づく戯作噺《げさくばなし》に仕立てて――」

道絡師、相手の話を遮って、

「――ちょっと待て。じゃあ、なんで、その体験談の悪役を、加害者の御寮さんでなく被害者であるお前さんが引き受けなすった?」

「だからさぁ、あたしの噺は、体験に基づいた戯作だって言ってるでしょうが。浄瑠璃《じょうるり》や歌舞伎《かぶき》の類だって、お客の半分は女ですよ、そんなところで、女が悪役の陰気な戯作を演じたって、ウケるわけないでしょうが。そういう戯作のコツは鶴屋南北《つるやなんぼく》先生あたりがよくご存じのはずだ」

「あー、わかった、わかった」と、取り成す振りで話を逸らす道絡師。「じゃが、その面妖なるお梅とやらの正体は、いったい、なんじゃと思う?」

「さあ……」狐につままれたような表情の梅狂師匠。「奸計の算段がついたところで、黒猫飛脚みてえに、すっ飛んで消えたところを見ると、ありゃ、人ならざるモノ、梅次が攌《つか》まされた木の葉の書置きのこともあるし、これは——狐狸・猫又の類に化かされたのかも……」

「ふむ、なるほど、それなら、平仄は合うわな。あるいは、場所が場所だけに、獄門島で惨殺《ざんさつ》された娘御の亡霊かも……」

「ちょっと、ご住職——」と口を差し挟む半竹。「音に聞こえた手証主義の捕物名人が、そっち方面の神秘主義的解決をしちゃったら駄目でしょうがっ」

梅狂師匠が嘲笑《あざわら》うかのように、追い打ちをかけます。

「ほれ、手証主義の捕物名人とか言ったって、迷ってばかりのド素人迷人なんじゃねえか?」

ここへ来て、反論の余地もない捕物迷人、歯嚙《はが》みしながら、再び話の矛先をかわして反転攻勢に出ます。

「ド素人は、お前さんのほうじゃろ」

「あ?」

「お前さんの創作噺とやら、落語名人のわしにとっては、全然、セコ——まあ、ヘボだね」

「あ? どこが?」

「枕とオチ。お前さん、あのオチは半ちくな地口《じぐち》オチのつもりなんだろうが、全然、得心がいかん」

「じゃあ、落語名人の道絡和尚なら、どう噺を仕立てるね？」

「わしなら……『ふたなり』で冒頭の枕を振ったのなら、オチのところは、『このモノはふたなりか？』という問いに答えて、『いえ、うらなり瓢簞《ひょうたん》でございます』……とか」

落語の玄人《くろうと》が鼻で笑って、

「ふん、やっぱり、ド素人の考えるオチはそんなところか」

「ほう、ならば、お前さんは、この噺にどうオチをつける？」

そこで梅狂師匠、伝法《でんぼう》な口調から噺家の語り口に戻り、

「いえいえ、お坊様、この噺のオチは、これから——でございます」

「ん？　なんと？」

「ほら、ここは楽屋でございます。楽屋で噺が終わるのなら——」

道絡師があきれ顔で、

「あ、ああ……楽屋オチな」

真《しん》景《けい》 よろず指《し》南《なん》処《どころ》 坊主の企み

落語魅捨理全集五

序章　枕

えー、ただ今の日本は高齢化社会ということで、働き詰めの末に退職、子供も育てあげて独立し、夫婦二人の年金暮らしで、時間も金も余裕があって、さらに健康も持て余してるってんで、揃ってお稽古《けいこ》ごとに勤しむなんてえ……わたくしの知人にも、旦那さんは三味線《しゃみせん》に長唄《ながうた》のお稽古、細君《さいくん》はオカリナやフラダンス教室に通うという塩梅《あんばい》の、まことに優雅で羨《うらや》ましいご夫婦がございますな。

高齢化社会ではございませんが、江戸《えど》の昔も、天下泰平が続いたせいか、お金と暇《ひま》を持て余したご仁《じん》が、おかしなお稽古に勤しむというようなことがありましたようですな。……例えば、放蕩三昧《ほうとうざんまい》に飽《あ》きたお大尽《だいじん》が、もう、したいこともないってんで、「あくび指南」を願い出るなんてえ、馬鹿ばかしい噺《はなし》もございます。

さて、高輪《たかなわ》に占吉《せんきち》さんというご仁がありました。名前は占いの占に吉凶の吉と書きます。なぜ、そんな名前を付けられたのかというと、この占吉さん、元々は、さる大店《おおだな》の前に赤ん坊の頃に捨てられたところを、子宝に恵まれなかった手代《てだい》に拾われ育てられたのでございますが、その際、不運な捨て子の出自を憐《あわ》れんだ養父が、せめて、占いでいつも「吉」と出るような人生を歩ませたいというんで、当時の「名づけ親」の謝礼の相場だった大枚三両を払って占い師につけてもらったのが、「占吉」というおめでたい名前だったわけでございます。ところが、この占吉さん、皮肉な意味での「おめでたい」人生を歩んでおりまして、まあ、名前負けの典型とでも申しましょうか……生来のテキトーな性格から、奉公しているお店の出入り業者や顧客に損をさせて、仕事もしくじり続き、恋仲になった女にも甲斐《かい》しょなしと袖《そで》にされ、ここらで一気に開運を、と嫌な山っ気に取り憑《つ》かれ、お店の金に手を付けて博奕《ばくち》を打ち、これが大負けの「凶」と出て、貧窮《ひんきゅう》の果てに、とうとう、手代の養父から、知り合いの文福寺《ぶんぶくじ》の住職、無門道絡禅師《むもんどうらくぜんじ》の許《もと》で「修行し直してこい」と言い渡される始末――。

第一章　くしゃみ指南

そんなこんなで、寺で修行をしておりましたある冬の寒い日、占吉さんが道絡和尚《おしょう》に申します。

「尊師《そんし》、きょうは座禅の行《ぎょう》は勘弁してもらいたいんで」

「ん？　どうしてじゃ？　……そう言えば、お前さん、顔色が悪いの。具合でも悪いんか？寒いから風邪《かぜ》でもひいたか？　うちの寺の坐禅堂《ざぜんどう》は冷暖完備《れいだんかんび》で快適な座禅を――」

「レーダンカンビってなんスか？」

「あ？」と慌てる道絡和尚。「――いや、ウチは、臨済宗《りんざいしゅう》・曹洞宗《そうとうしゅう》のエエとこ取りの自済宗《じざいしゅう》事由派《じゆうは》の禅寺なものでな、逆さにすると、ジュウジザイ、つまり、なるべく自由自在で快適な打座《たざ》を奨励《しょうれい》しておる。じゃから、クソ暑い夏は団扇《うちわ》で扇ぎながら、クソ寒い冬は火鉢《ひばち》のそばで座禅を組めるという――」

「いい加減な禅寺があったもんですね」

「まあ、ええじゃないか。田舎《いなか》の禅寺では、凍《こご》えた旅人が来れば、仏像を燃してでも暖をとらせるという、ありがたい逸話もあることじゃし……ともかく、風邪をひいたのなら、藪野筍心《やぶのじゅんしん》先生のところで診《み》ていただいたらどうじゃな？」

「もう、行ってきました」

「ほう、で、藪野先生の診立ては？」

「これは、病以前の問題だから、自分には治せんと」

「病以前の問題とは？」

「くしゃみが出ないんです」

「あ？　くしゃみが出ない？」

「へえ。風邪なんかのひき始めにくしゃみするでしょ。あたしは子供の頃からそのくしゃみが出なくて難儀《なんぎ》しているもんで、それで藪野先生に診てもらったてえわけですが――」

「ふむ――芝居や法事の席でくしゃみが出て難儀するというのは、聞いたことがあるが、くしゃみが出ない難儀とは前代未聞《ぜんだいみもん》じゃやな。――で、藪野先生には治せんと？」

「へえ。藪野先生、くしゃみの仕組みは説明してくれたんですがね――くしゃみというのは、鼻の中から風邪を引き起こす疫神《やくじん》を追い出すための体の予防措置なわけだそうで。だから、くしゃみが出ないというのは病以前の問題だと――」

道絡和尚、先回りをして早口に言います。「――じゃから、先生が薬では治せんと言うて、これは、神仏にすがるしかないから、わしのような徳高い僧侶《そうりょ》に相談せよと勧めたというんじゃろ？」

そこで、褒《ほ》められることが何より好きな道絡和尚が得意げな顔になって、

「そもそも、くしゃみという言葉の由来は――」

「へえ」

「昔、ある禅寺に、沙弥《しゃみ》という雲水《うんすい》がおってな、その修行僧が線香の煙《けむり》が苦手で、くしゃみが止まらなくて苦労したから『苦沙弥《くしゃみ》』といわれるようになったのだとか……」

「そんな、下手な噺家のサゲみたいの、どーでもいいです。早くもこの噺、終わっちゃうじゃないですか」

「そ、それもそうじゃな。んじゃ、こういうのは、どうじゃ——『猫風邪』とか『猫喘息《ぜんそく》』とかいう病があってな、これは毎日、猫に囲まれているような生活をしている者が罹《かか》るとされておる。例えば、三味線職人なんかがそれにあたるわけじゃが、くしゃみが止まらなくなって『苦三味』と呼ばれるようになったという説も……」

「また、地口《じぐち》オチですかい。落語魅捨理《ミステリ》じゃないんだから、地口の連打はやめてくださいよ。——まあ、三味線と言うなら、こっちも思い出したが、和尚さんみたいに、口から出まかせばかり言ってるご仁のことを『三味を弾く奴』とか言われるんじゃありませんか?」

急に不機嫌になる道絡和尚。「ふん、地口オチの応酬《おうしゅう》ばかりしていても、確かに、噺が進まんから、先へ行くぞ」

「へーい」

「ともかく、藪野先生の手に余ることじゃから、わしに面倒見てもらえと?」

「まあ、そういうこってす。——今、和尚が言った、線香の煙や猫でくしゃみするというのは、この寺ん中で試しているんで、もういいんです。もっと、ありがたーい、ご祈禱《きとう》かなんかで、ひとつお願いを……」

道絡和尚、うんざり顔で、「それは駄目じゃ」

「どうしてですかい？」

「藪野先生はな、近頃、自分の手に余る病人は、みんなわしのところに回して来よる。わしは藪野醫院《いいん》の下請け業者じゃあるまいし――それに、利幅の薄い厄除《やくよ》けの護摩《ごま》焚《た》きの予約が詰まっておる。特に今は、寺の財政難の折《おり》じゃ。お客を放っといて、お前さんだけを優遇するわけにはいかんのじゃ」

「そんな、つれないこと言わないで、残業時間にでも、ちょこっと――」

「この時代に『残業』なんて概念ないのっ。それに、くしゃみごときで、厄除け祈禱をやったとなれば、寺の評判が落ちて、お大尽のお客が来なくなってしまうじゃないか」

「お客って……」

「お医者も坊主も商いのうち。薬の処方も代金、お布施も賃金ならば、患者や信徒も、大事な顧客ということになる」

「そんなぁ……徳高く、物知りとしても名望《めいぼう》のある和尚さんなんだから、薬代の安い、くしゃみ専門の療治院《りょうちいん》かなんかを紹介してもらえませんかね？」

褒められることが何より好きな道絡和尚がやぶ睨《にら》みの目を細めながら、

「うむ、安価で済む療治院なら小石川《こいしかわ》の赤ひげ先生を勧めるが、もっと近場でいいところがあるぞ。ほれ、品川《しながわ》の岡場所のそばにあばら家があるじゃろう」

「ああ、亡霊屋敷とか呼ばれている空き家……」

「いや、今は人が住み、商いもしておる」

「へえ、岡場所近くなら……遊女相手の療治院かなんかを？」

「療治院……ではないが、お前さんに役立ちそうな指南をしてくれるじゃろう。屋号は、『よろず指南処　無常庵《むじょうあん》』とかだったな」

「よろず――ということは、一万種ぐらいの指南をしてくれるんで？」

「ああ、まあ正確な数はわからんが、万というからには、何でも教えてくれるんじゃろう。わしは岡場所に行くついでに、あくび指南をしてもらったよ」

「なんでまた、あくびなんかを？」

「あすこの遊びは、吉原《よしわら》と違って幇間《ほうかん》などの人材乏《とぼ》しく退屈なもんでな。無粋な岡場所でも、僧侶らしい典雅《てんが》、荘厳《そうごん》なあくびをしたいと愚考しての」

「遊びに行くのに荘厳なあくびをわざわざ？　そんなんじゃ、坊主の遊びじゃなくて、坊主のあくびになっちまう」

「あの、今の、オチじゃないよね？」

「いや、この段のオチでいいです。でも、こっちも急いでるんで、噺を先へ進めるために和尚相手の地口漫談はこれくらいにしといて、その、よろず指南処ってとこに行ってきますよっ！」

——てなわけで、品川の岡場所近くのよろず指南処を訪ねた占吉さんが、

「あれ、相変わらずのあばら家だね。ここは確か、赤穂浪士《あこうろうし》の一人が師範をやっていた剣術の道場だったのが、その浪士が討ち入りに遅刻したってんで、それを恥じて切腹・自害して閉門、以来、住む者もなく、出るのは恨みがましい亡霊ばかりなり……という、おっかねえところだったが……あれ、看板が掛かってらあ。なになに、『よろず指南処　無常庵　夢野幻幽斎《ゆめのげんゆうさい》』——だと？　なんだか、薄気味悪い名前だが、まあいいか——さて、玄関口にひと気はねえが、どう挨拶《あいさつ》しようか？　道場みてえなところだから……た、頼もうっ！」

と、まるで道場破りのような勢いの占吉さんでしたが、少しして奥の方から、か細いしわがれ声で「どーれ……お入り」と答えが返ってきます。

言われるがまま、まさに道場という広々とした、しかし、塵芥《ちりあくた》や蜘蛛《くも》の巣が散見される、薄暗い板張りの間に入ると、奥のほうに「諸行無常」と書いた掛け軸の前に、一人の老人がいるのが見えました。おずおずと、老人の前へ進む占吉さん。

そばに置かれた五寸程の古銅《こどう》の燭台《しょくだい》に立てられた蠟燭《ろうそく》の灯火に照らされた陰翳《いんえい》ある老人は、白い総髪に白い髭《ひげ》、白無垢《しろむく》の着物姿、積み重ねた座布団《ざぶとん》の上に坐《すわ》り、一方の脚をもう一方の膝《ひざ》の上に組み、右手を蒼白の顔のこけた頬《ほお》に思案気に当てている。その双眸《そうぼう》は、寝ているのか、醒《さ》めているのか判別しがたい瞑想《めいそう》のごとき半眼。そうした姿勢から、仏像の半跏思惟像《はんかしゆいぞう》を想わせるたたずまいと言いたいところでしたが、仏教に関する教養など持ち

合わせていない占吉さんは、自分が見て取ったままの呼びかけをいたします。

「あのー、もし――こちらの牢名主《ろうなぬし》さんは、あなたさんで？」

老人、半跏思惟の姿勢から、いきなり、ずっこけそうになりながら、

「あのねー、ここ、伝馬町《てんまちょう》の牢屋《ろうや》じゃないの、表の看板見て、わかっとるでしょうがっ！」

「へえ、いかにも貫禄《かんろく》ある親分さんみたいに、お見受けしたもんで、つい……するってえと、あなた様が、このよろず屋さんの番頭さんで？」

「よろず屋といわれると、享保《きょうほう》以来、江戸でも流行《はや》りのよろず均一売値の十九文屋《じゅうくもんや》みたいで、安っぽい商いと思われるのが心外じゃ――でも、まあ、ここは、百文均一で、なんでも指南するところだから、よしとするか」

「え？　百文もかかるんですか。百文てえと、酒一升《いっしょう》買うところを五合にして、あとの五合は水割りにしてもらって買ってくるような額じゃねえですか」

「なんか、猛烈にメンドくさい喩《たと》え話をするね……じゃ、手元不如意《ふにょい》――酒五合買う金もないのかな？」

「へえ。あたしは、手元不如意どころか、今は無一文で……あたし、名前を占吉っていうんですが――これは、捨て子だったあたしを拾ってくれたお父つぁんが、せめて、占いでいつも『吉』が出る人生を歩めるようにとつけてくれた名前でして――」

「ほう」興味を惹《ひ》かれたように身を乗り出すよろず指南の師範。「占いの占に吉凶の吉と書

くのか——それは難儀な名前じゃの」

「あなた様の幻幽斎という名も随分、難儀なお名前で」

「余計なことは言わんで宜《よろ》し。——で、その後、どうされた？」

「いや、やっぱり名前負けってやつでしょうか、奉公しようが、富籤《とみくじ》買おうが、しくじりの『凶』の目ばっかりの半生でして、先だっても博奕に手を出して負け続け、店の金に手を付けて、手代をしているお父つぁんから、店の金を自分が肩代わりする代わりに、文福寺の道絡和尚のところで修行してこいと言われましてね、今は無一文の下働き修行見習いの身でして……」

「道絡和尚か——」

「ご存じでしょうね。先日、こちらでご指南いただいたとか」

「うむ、なかなかの御坊《ごぼう》じゃった。心眼——人や物事を見抜く眼力を有しておってな」

「その眼力ある和尚の勧めで、こちらへ参った塩梅でして」

「そうか、それなら、最低料金の百均指南から——」

「——いや、ですから百均と言われても、今、金欠貧乏なもんで、料金の百文は道絡和尚へのツケってことで、ひとつ……」と恩知らずな申し出をする占吉さん。こんなことでは、凶事《きょうじ》続きは自業自得といわれても仕方のないところでございますな。

しかし、幻幽斎はそんなことなど意に介する様子もなく、

「そうか、それなら料金はツケということでよかろう。――で、なんの指南をお申し出かな？　道絡和尚には、あくび指南をいたしたが……」

「そんな、馬鹿ばかしいのじゃなくて」

「じゃ、長唄指南とか、フラダンス指南とか？」

「婦等簞笥《ふらだんす》……なんスか、それ？」

「ん？」やや動揺する幻幽斎先生。「……それは、まあ、婦女子等に簞笥の保守点検を指南するということじゃ」

「それも、随分馬鹿ばかしい指南だね」

幻幽斎、苛立《いらだ》ちながら、「他人の指南を揶揄《やじ》るものではない。それなら、お主の所望する指南を言うてみよ」

「あっしのは、くしゃみなんで」

「あ、くしゃみと？」

「へえ。ガキの頃からくしゃみが出なくて困ってるんで」

「それで、くしゃみ指南を？　それも充分、馬鹿ばかしい話だが――」

占吉さん、むっとして、

「――ところが、あたしにとっちゃ、馬鹿ばかしいどころか、死活問題でして、くしゃみが出ないと、風邪の疫神を追い出せないと医者に言われているし、惚《ほ》れている女――おみっちゃんにも、くしゃみすら出せない男なんか嫌いと言われちゃって……」

「くしゃみすら出せない――というのは理不尽な嫌われ方じゃの」

「いえ、その前に、『金も出せない貧乏人』という前提条件がついてますもんで」

「それ、先に言わんかいっ！」そこで、幻幽斎、気を取り直したように、「――まあ、貧乏神に取り憑かれた男について、『金がねえのは首がねえのにも劣る』と三遊亭圓朝《さんゆうていえんちょう》師匠も語っておるしな」

「あの噺家の圓朝師匠が、そんなことを――？」

「うむ。『名づけ親』という噺の中でな」

「まさに、あたしが、その『首がねえ』ような塩梅で」

「わかった、わかった、閑話《かんわ》休題じゃ。――ともかく、おみつとやらいう小娘に、そんな酷《ひど》いことを言われたんなら、わしも『よろず指南』を標榜《ひょうぼう》している以上、沽券《こけん》にかけても、くしゃみ指南、お引き受け申そう」

「へへー、ありがとうございます」

「まず、そもそも、くしゃみというのは――」

「へえ」

『臭み』という言葉からきていて――臭くてどうにも、鼻がむずむず……それでくしゃみが出てしまう、思わず鼻をつまんだら同時に、臭みに起因するくしゃみも止まったというところから来ている」

「風邪の疫神じゃなくて、『臭み』が原因ってことですか。じゃあ、医者の先生の診立ては間違ってるんで?」

「まあ、その医者は藪医者ということになるな」

「実際、そのようなお名前の先生でして――」そこで、占吉さんはっとして、「いや、幻幽斎先生、そりゃ噺が違う」

「ん? 噺が違うとは?」

「先生が語っておられるのは、『くしゃみ講釈』でしょ。この噺は『あくび指南』でもあるわけだから――」

白髪の落語界の住人は、抗《あらが》うことなく頷《うなず》いて、

「細かいこと言う奴じゃや。――じゃが、そんなことぐらいわかっておるよ、これから、本題の指南に移ろうと思っていたところじゃ」そこで、ふと気づいたように、「今、藪医者の診立てを否定したが、もう一つくしゃみの講釈として言っておくことがある」

「へい」

「くしゃみというものは、『魂《たましい》が抜けて早死にする』ということで昔から忌《い》み嫌われていた。よって、くしゃみが出た際には『くさめくさめ』という呪文を唱えることで魂が抜け出るのを防いでいた――そういう故事《こじ》はご存じか?」

「あー、子供の時分に、近所のご隠居さんから、そんな話を聞いた覚えがありますが、無学な爺《じい》さんのことだから、ありゃ、迷信の類《たぐい》でしょう」

「年寄りの話をなんでも迷信にしてしまうのは、若輩者《じゃくはいもの》の悪い癖《くせ》だ」それから厳《おごそ》かな口調で、「――ともかく、くしゃみは病――ひいては早死にに至るという話を知ったうえでも、まだ、くしゃみをしたいと申すのか？」

「な、なんですか、くしゃみ指南ぐれえで、そんな大仰《おおぎょう》な……ええ、いいですよ、あたしも男だ、こうなったら意地でもくしゃみがしてえです」

――と、まあ、妙な掛け合いになってまいりましたが、幻幽斎先生、あっさり、頷いて、

「よかろう、くしゃみの仕方、しかと教えて進《しん》ぜよう」

「お、おうよ。教わって進ぜよう」

「偉そうに言うな。くしゃみをしたければ、鼻腔《びくう》に刺戟《しげき》を与えてやればよい」

「は？　ビクー？」

「そう、鼻腔とは鼻の孔《あな》のこと、そこを刺戟すれば、くしゃみはたちどころに出るぞよ」

占吉さん、警戒するように、「線香とか猫系とかは駄目ですよ。もう、お寺で試して来てるんだから。それから、ついでに鼻毛を抜くというのも駄目ですよ。アレやると痛くて、くしゃみより前に涙が出るから」

「料金を他人のツケにしておいて、ぬけぬけと、注文の多いお客があったもんだ」

しかし、占吉さん、更にぬけぬけとして、

「もっと、漢方薬みてえに簡単で効き目のあるやつ、ないですかね？」

「ああ、あるよ」と言って、幻幽斎先生、懐《ふところ》から紙包みを出して、それを開いて見せます。

占吉さんがよく見ようと身を乗り出して、「なんスか、その砂か土塊《つちくれ》みてえな色のもんは？」

「胡椒《こしょう》じゃ」

「胡椒……？」

「なんじゃ、胡椒を知らんのか。印度《インド》由来の香辛料で、ほれ、日本でも、うどんなんかに振りかけて――」

「ああ、唐辛子の代わりに使うって聞いたことありますよ」

「そうじゃ、汁麺《しるめん》では、他に拉麺《らーめん》なんかに用いるな」

「ラーメン？　そいつは聞いたことないが」

「唐からきた汁麺じゃ。あの水戸《みと》の光圀公《みつくにこう》が食したとか」

「え、あの天下の副将軍の黄門様《こうもん》が？」

「あのね、公儀《こうぎ》に副将軍なんて役職はないのっ」

「でも、知り合いのうっかり八兵衛《はちべえ》さんがお供して諸国世直しの旅をしているということも聞いてますが」

「あれも、本当は芝居《しばい》の旅興行というのが実態で――いや、そんな余計な考証をしているところではなかろう。ともかく、この胡椒を鼻から吸うてごらんなされ。たちどころにくしゃみが出ましょうぞ」

「そうスか。じゃ、そのくしゃみ妙薬を一包いただいて帰り――」

「ちょい待ち。胡椒の妙薬の効果を試してみんで、よいのか？」

「ああ、それもそうですね」と、おっかなびっくりで、ほんの一つまみを鼻に吸い込むと、

「ヘッ、ヘックショーイ」とくしゃみをした後、「バカヤロッ、チクショーメ！」と付け加える。

「なんだ、バカヤロッ、チクショーメという余計な悪罵《あくば》は？」

「威勢《いせい》のいい江戸っ子は、くしゃみをする時、みんなそうしているんで、あたしもそれに倣《なら》って、つい……これ、江戸前の《粋《いき》くしゃみ》というやつで」

「粋くしゃみなんて聞いたことないね。そんな江戸っ子の口の悪いのなんて真似する必要ない。――で、まだ、くしゃみは出そうか？」

「へえ……まだ少しむずむず」

「そういう時は、即座に鼻をつまむ。さすればくしゃみは止まる。先ほど言及した『くさめくさめ』という呪文を唱えてもよい」

言われた通り鼻をつまみ、その後、口を開く占吉さん。

「確かに、くしゃみは出ないが、せっかく出たものを、なんで止めるんで？」

「くしゃみには定法《じょうほう》があるからじゃ」

「定法？」

「そう、定め事があるのじゃ。――くしゃみ一回の場合は、よい噂《うわさ》を立てられ好かれている証拠、くしゃみ二回の場合は、悪い噂を立てられている――つまり憎《にく》まれているということ。くしゃみ三回なら、大いに好かれている――相手が婦女子なら惚れられているということになる」

それを聞いた占吉さん、勢い込んで、「――なら、くしゃみ四回なら婚姻《こんいん》に至り、五回なら子宝に恵まれ家庭円満、六回で富籤に当たり……」

「そんなに都合よくいくかいなっ。くしゃみ四回は、よからぬ予兆――つまり、例の疫神に鼻をやられ、本格的な風邪をひくことになる。風邪は万病の元とか、場合によっては早死にすることになるやもしれぬ」

「ああ、藪野先生の診立てに逆戻りですか」

「そう。じゃから、無暗矢鱈《むやみやたら》とくしゃみするでないぞ。くしゃみ連発の輩《やから》なんて、世間の『鼻つまみ者』になってしまうからな」

「いやいや」と生意気に反駁《はんばく》する占吉さん。「くしゃみで鼻をつまむのは、世間の方じゃなくて、あっしの方がくしゃみを止めるためなんで」

「かー、落語の逆さオチみたいなことを言いおる」

「まあ、これは別の話ですが、あたしは、世間的には『鼻つまみ者』というより、いつも金欠の貧乏で他人様にも貧乏をうつすってんで、世間からは『貧乏神』と呼ばれるくらい、嫌われておりまして……」

「ふん、金儲《かねもう》け関連の指南なら、また別口じゃ。指南料も高いぞ」

「へーい。──ともかく、こんないい妙薬をいただいたんだから、外で試してきます」

「おい、ちょい待ち。胡椒もタダではないぞ。貴重なものだから、二百文はいただき──」

最後まで聞かずに踵《きびす》を返す占吉さんが、「──ああ、それも道絡和尚のツケにしといてください」

遠ざかる占吉さんの背中を見ながら、「ツケにしろ、ツケにしろと、あの若輩者、いささかツケあがっておるな」と、自分も落語のサゲのようなことを呟《つぶや》く幻幽斎先生なのでございました。


──と言うわけで、くしゃみ指南を受けた占吉さん、ツケあがったまんまの高揚した気分で帰途につきます。

「へへ。ヘンな爺さんだったが、ちゃんとくしゃみの仕方、教えてくれたじゃねえか。せっかく教えてもらったくしゃみだ。独り楽しんでるんじゃや、もったいねえ。誰かに聞かせて見返してやりてえもんだ。誰がいいかな……勘当同然で寺に預けたお父つぁんは『修行もせずに何やってやがる』と喜ぶめえし、道絡和尚にしても、指南料のツケ回しをした手前、合わせる顔がねえ。あとは……そうだっ、小間物屋のおみっちゃん、おいらが一人前の男になるまで、夫婦になる気はないとかぬかして手酷くフラれたんだっけな。よーし、おみつに聞かしてやろう……」

——てなことを言いながら、占吉さん、お店にも寺にも行かず、小間物屋の裏木戸に、おみっちゃんを呼び出します。

「おみっちゃん、喜んでくれ」

だが、おみっちゃんは、つれない様子で、「なによ、あんたとは、一人前の男になるまで逢《あ》わないと言ったばかりじゃない」

「だからさ、おいら、一人前の男になったんだよ」

「どこが?」

「一人前にくしゃみが出るようになった」

「はあ?」と呆《あき》れるおみっちゃん。

しかし、占吉さん、相手の態度など意に介する様子もなく。一つまみの胡椒を鼻に持っていきます。そして——。

「ヘッ、ヘックショーイ!」

ところが、おみっちゃん、嫌悪感露《あら》わに、

「なによ、汚い、唾《つば》が飛んだじゃない」

（あれ？）占吉さん、心の中で自問します。（嫌われちまったよ……ん？　そういえば、幻幽斎先生の講釈によると、くしゃみの回数にも定法があるとか言ってたな。確か、くしゃみ一回は、よい噂で好かれている証拠。それでもって、今のが、二回目だから、悪い噂――早く言えば憎まれたってわけだ。ということは、三回目のくしゃみで挽回――こっちに惚れさせちまえばいいわけだ）

そこで、しっかり、くしゃみしようと、少し多めの胡椒を鼻から吸います。

「ベッベークショウイッ！」その勢いのあまりつい余計な江戸前が出て、「バカヤロッ、チクショーメ！」

おみっちゃん、思わずのけ反って、

「キャー、きったない、また唾が飛んだ、それに、なんよ、バカヤロとか汚い言葉使ってさ！　あんたの方が馬鹿野郎よ！」

「で、でも、おみっちゃん、おいら一人前にくしゃみできたんだから――」

「あたしが言ってるのは、そういう一人前じゃないの」

「――と言うと？」

おみっちゃん、きっぱり申します。「金だよ」

「お金、ですか……？」

「そうよ、『おみつよ、おれもお前と夫婦になるにあたっては、家一軒も構えようと、これこれの額の金子を貯めてるんだ』――ぐらいのこと、一人前の男だったら、なぜ言えない――」

そう言うと、おみっちゃん、踵を返して、さっさと店へ戻ってしまいます。その背中を失望の眼差《まなざ》しで見送りながら、占吉さんが申します。

「畜生、世の中、結局、金かぁ。俺にとっちゃ、金を稼ぐなんて、元々、くしゃみより苦手な分野なんだがな……」

第二章　臨終指南

おみっちゃんに、二度まで袖にされた占吉さん、まんじりともせず夜を明かし、あることに思案が至り、再び、「よろず指南処」を訪れることにします。

「幻幽斎先生、きのうはありがとうございました」

「おお、占吉さん」薄暗い道場屋敷の中で、燭台の炎に照らされた陰翳深い白髪の老師が答えます。「くしゃみのほうは、うまくいったかいの？」

「へえ、くしゃみは出たんですが、結果は、またまた、しくじりでして――」

続いて占吉さんは、おみっちゃんに袖にされた経緯《いきさつ》を話します。

「それで、あたし、悟ったんです」

「ほう、如何《いか》に悟った？」

「この世は、やっぱり金だと。――いや、この世だけじゃなくて地獄《じごく》の沙汰《さた》も金次第だと言うじゃありませんか。孤児から始まる、あたしの人生の凶事続きで……博奕で負けて借財したのも、女に袖にされたのも、みんな、あっしに金がないことに起因するんだと。だから――」

蒼褪《あおざ》めた顔の痩《や》せた老師が先回りして申します。

「――わしに、金儲け指南をせいと？」

「へえ。その通りで」

「金儲け指南となると、それなりの料金だぞ」

「おいくらくらいで？」

「千両箱一つ」

「せ、千両？　そりゃ法外だ。ツケということにしても、道絡和尚に払わせるは無理な話だ。それでなくとも、あの寺、近頃、お内緒、火の車らしいし……」

「じゃが、料金を払えないのであれば、千両ぐらい一日で楽に稼げる金儲け指南の秘術は授けられんぞ」

そこで占吉さん、思案しました。

「――じゃ、出世払いってことで、どうです？」

「出世払い？」

「そうですよ。だって、一日で千両稼げるんでしょう？　それなら、二、三日も働きゃあ、きのうの指南料や胡椒の代金に十一《トイチ》の利子をつけても、お返しできて余りあるというもの」

老師は相手を値踏みするように見ながら、

「ふむ、それも一理ある。なかなか小賢しい奴じゃ。――それなら金儲け指南をして進ぜようか」

「千両まる儲けの指南の目録を、ひとつ」

「調子に乗るな。――まあ、指南は簡単じゃ。医者になれ」

「へ？　医者？」

「ああ、医者は儲かる。道絡和尚の所持しておる未来予測の須磨帆《スマホ》の鏡によると、百年、二百年後も、医者は儲かる職業なのだそうだ」

「道絡和尚が不思議な銅鏡をお持ちなのは知ってますんで、それは……まあ、そうなんでしょうが、あたしは、寺子屋で読み書き算盤《そろばん》は習ったが、別に長崎で医術を学んだわけじやないんで、くしゃみすら出なかったんだから、医者は無理だなぁ」

「心配ご無用じゃ。正式な医術を修めなくても療治ができる秘術を指南して進ぜよう」

「……ん〜、くしゃみ指南みたいにうまくいくかなぁ……」

「そこじゃよ！」と、老師がずばり、占吉さんを指さして、「お主、わしの指南で、長年出なかったくしゃみが盛大に出るようになったな。──ということは、先に示したくしゃみの定法によりて、少しずつ魂が抜けておる状態じゃ」

「──ってことは、あたし、早死にするかもと？」

「どうせ、先は長くない命、生きてるうちに大儲けして、楽しく暮らさんか？」

「勝手に他人の寿命決めるなよ」と憤慨するも、すぐに思い直して、──でも、どうせ生まれついての凶事続き人生、いいでしょう、偽医者にでも偽武者にでもなってやろうじゃないですか。──で、その医術を修めなくてもいいという、いい加減な療治とは？」

「いい加減ではない。わしが創始した、臨終療治と言うてな──」

「臨終療治……？」

「そうじゃ。これは、普通の五臓六腑《ごぞうろっぷ》や怪我を治すというのじゃなくてな、長患《ながわずら》いの病人で臨終も近い──つまり、死に瀕《ひん》したギリギリの者に用いる術じゃ」

「それは……ご臨終というか──今にも死にそうな人を元気に甦《よみがえ》らせるということで？」

「甦らせるというのとは、ちと違うがな。──時にお主は、人の死の仕組みがわかっておるか？」

「そんなことわかってたら、それこそ名医だ」

「人の生き死には、あらかじめ定められておる。つまり、民百姓からお武家まで、寿命というのは決まっておるのじゃ。——まあ、くしゃみを四回するとか突発事による早死にとかは措《お》くとしてな。その寿命を言い当てることができれば、あるいは、余命を繋《つな》いでやることができれば、病人や家族から喜ばれ、御典医《ごてんい》にも優《まさ》る名医として、褒美《ほうび》もたっぷり貰《もら》えるわな」

「——しかし、その寿命と言うのは、どうしたらわかるんですかね？」

「臥《ふ》せっている病人の枕元と只元の布団の裾《すそ》の方を見ればよい」

「枕元と布団の裾の方を？　ただ見るだけで？　肩や脚の揉《も》み療治かなんかしなくていいんで？」

「座頭《ざとう》の市《いち》さんじゃあるまいし、そんなことはせんでもよい。お主は、病人の枕元と足元の布団の裾の方だけを見ていればよいのだ。さすれば、そのどちらかに死神が坐っているのが見えるであろう」

「死神様……ですか？」

「そうじゃ。枕元に坐っている場合は、本当に寿命なので、ただ『ご寿命が尽き申した。ご臨終でございます』とでも告げればよい。一方、布団の裾の方に坐っている場合は救命の見込みがあるので、これから教える呪文を詠唱すれば、死神は退散し、病人は全快、余命も延びる。これだけやっとけば、臨終専門医としての名望が上がり、お大尽や殿様からも、ウチも千両、ウチは万両と、療治依頼が舞い込むことじゃろう」

「しかし」と、またも反駁する占吉さん。「あたしに死神様を見分ける能力があるって、どうしてわかるんですか？」

「お主には、すでに死神が見えておる。ただ、それと気づいていないだけじゃ。わしの心眼によってな、昨日、お主に逢った瞬間に、その才があることを見抜いた」

「そんなもんですかねえ……」と、まだ腑に落ちない様子の占吉さん。「――で、その死神退散の呪文というのは？」

「ギオンショージャのショーヘイ、ショータイム、ショギョウムジョーのジョーキセンのパー……ショーヘイのところはな、好きな相撲取りの名に替えてもよい。それと、呪文の最後に、もっともらしくパン、パンと二度柏手を打つように」

「もっともらしくって、そんなんで、いいのかなぁ……それじゃあ、四年土つかずの谷風《たにかぜ》関《ぜき》にあやかって『タニカゼのカゼータイム』とでもしときますか……でもカゼーだと、病気の風邪みたいで、ちょっと心持ち悪いわ。ホントに、こんないい加減な療治でいいんですか？」

「値千両《あたいせんきん》の指南じゃぞ、くしゃみ指南も首尾よくいったのじゃから、ウダウダ言わずに実践せんか」

「実践と言っても、療治院がありませんよ」

「なに、ここを療治院にすればよい」

「へ？　ここを？」

「そうじゃ、いま、看板と医者の装束《しょうぞく》を持ってきてやるからな」

と、言うが早いか幻幽斎先生、奥から看板と装束を持ってきて占吉さんに見せます。

「なになに……妖法療治、臨終専門――青髭庵《あおひげあん》……ですか？　それに装束まで。随分手回しがいいんですね。……それに、蘭法《らんぽう》でも漢方でもなく、妖法療治とは、また……」

「うむ、まあ、いいじゃろ。あくびだとか、くしゃみだとか、落語みたいな馬鹿ばかしい指南を求めてくる民草が相手じゃ退屈だし、よろず指南の小口収益にも限界があるんでな、わしもそろそろ大きく儲かるような商いに衣替えをしようかと思うとったところじゃった。あ、言っとくけど儲けは折半《せっぱん》ね」

「なんか、生臭坊主の道絡和尚みたいな口ぶりだね。――わかりましたよ、妖法の医者の青髭先生に化けますよ。でも開業したは、いいが、肝心の顧客はどうするんで？」

「大丈夫。それにも、日本橋《にほんばし》の方に心当たりがある。わしは、これから、ちょっと営業宣伝に行ってくるでな、お主は、この看板掛け替えて、青髭に化けておいてくれ。あ、青い付け髭なんて小細工する必要ないから。藍染《あいぞめ》の残り汁でも口の周りに塗りたくっておけばいいからな——え？　医者らしく頭剃《そ》るかって？　そんな暇ないから、髷《まげ》を解いて、総髪・束髪にしときゃ、医者らしく見える。それで、わしが用意したこの十徳《じっとく》上着を着とけば、新進気鋭の名医青髭先生の出来上がりじゃ——じゃーね、よろしく頼むよ」

それから一刻《いっとき》ほど経ちまして、偽医者の占吉さん、出番はまだかと無聊《ぶりょう》を託《かこ》っておりましたが、そこへ最初のお客が参ります。

「手前、日本橋の呉服問屋松阪屋金衛門《まつざかやきんえもん》の許で番頭をしておりまする清兵衛《せいべえ》と——」

そこで、偽医者、手を挙げて相手を制して、

「——みなまで言わずとも、わかっておる。松阪屋さんの大旦那様が、長の患いで、明日をも知れぬ命。それで、家人たちは、御典医や小石川の赤ひげ先生などに診せるが、これは験《げん》が見えないと、どなたも匙《さじ》を投げた。そこで番頭さんが藁《わら》にもすがるつもりで、日本橋の袂《たもと》に開業しておる老占い師に占断《せんだん》を仰《あお》いだところ、品川の岡場所近くに、小石川の赤ひげ先生に優るとも劣らない臨終療治専門の青髭占星斎《あおひげせんせいさい》という偉い先生が開業しておるからお願いしてこいと——」

番頭さん驚いて、「——なんで、そこまでご存じなんで？」

「あ、まあ、吾輩《わがはい》には心眼が備わっておるのでな。番頭さんを見た途端に、そちらの御事情を見抜いたんだよ」

「ははー、恐れ入ります」

「うむ、療治の方も心眼を用いるから、ご安心なされ」

「ありがとう存じます。それじゃあ善は急げで、外に御乗物も用意してございますので――」

（御乗物！　その辺の辻駕籠《つじかご》じゃなくて御乗物ときた）偽医者、心の中でほくそ笑みます。

（お奉行様の許可を受けた御免駕籠《ごめんかご》に乗れるなんて、端《はな》から御典医並みの待遇じゃねえか）

しかし、そこで偽医者、気を緩めずに、番頭さんに問い質《ただ》します。

「ちょい待ち」

「は？」

「その占い師とやら、どういう占いをしておった？　――ほら、易《えき》とか手相とか」

「えーと、なんでも、よろず占いの創唱者《そうしょうしゃ》とかで、心眼によって、よろずご占断を下すとか」

「ああ、よろず……やっぱりね。――で、占いの見料《けんりょう》は百文だったでしょ？」

「おお、さすが心眼の青髭先生、なんでもよくお見通しで」

そんなわけで、松阪屋にやってまいりました偽医者の青髭先生、大旦那の臥せっている座敷に通されます。すぐに、寝床の周囲を見渡すと、病人の足元の布団の裾の方に坐り込

んでいる、経帷子《きょうかたびら》のような白装束を着た痩せた者の背中が目に入ります。すかさず青髭先生、そばに控えている番頭さんに、

「あー、番頭さん、この間には、病の大旦那のほかに、何人おるかの」

怪訝《けげん》な顔で、番頭さんが答えます。

「先生とわたしの二人だけで、他には誰も……」

「ふむ、じゃあ、番頭のあんたが普段、歯牙にもかけない、いわば透明人間状態の下郎――つまり、丁稚《でっち》や下男の類も、この密室には、出入りしてないと」

「はあ……なんでございますか、ミッシツとは？」と、ますます不審顔の番頭さん。

「あ、それ、なんでもないの。懇意にしている文福寺の和尚から聞きかじった捕物《とりもの》に関する隠語でな、締め切った、人の出入りができない部屋のことを言う。――そんなことより、締め切った部屋では悪い《気》が停滞するのだ。つまり病にはよくない。あんた、すまんが、庭側の障子《しょうじ》を開けてくれんか」

「はい、これは気が付きませんで、御免下さい」

番頭さんが障子を開けている間、青髭先生、思案を巡らします。

（人の出入りできない密室の中に、番頭には見えない白衣の者がいる……だが、おいらには確かに見える。――ってことは、奴が死神だな。さらに都合がいいことに病人の布団の裾の方に坐ってやがる。よーし、やったろうじゃないか！）

戻ってきた番頭さんが、

「では、先生、お診立てを脈かなんかから、なさいますか」

「いや、必要はない。眼光死生を徹す心眼によって、吾輩には、大旦那さんのご病状わかり申した」

「確認でございますが、眼光紙背《しはい》じゃなくて、死生なんですか？」

「心眼による臨終療治だからね、死生でいいの――そんなことより、病状がわかったと言っているんだよ」

「そうでございますかっ。恐れ入りました」

「吾輩が今から、この間におる疫神退散のありがたい経文を唱えるからな、最後の柏手を合図に、ちょっと間を置いて、今開けた障子を閉めなさい」

「は、承知しました」

「では、ゆくぞ――ギオンショージャのショーヘイ、ショータイム、ショギョウムジョーのジョーキセンのパー」そこで間を置いて柏手を、「パン、パン」。すると、びっくり仰天の死神が、すっ飛んで、開けはなたれた障子から、庭の方へ逃げてゆきます。すかさず、障子を閉める番頭さん。

（よしよし、うまくいったぞ、死神の奴、死に物狂いで逃げていきやがった）

そこで、偽医者は厳かな調子で、「大旦那様、快癒《かいゆ》されましたぞ」

するると、それまで息も絶え絶えだった大旦那が、むっくり起き上がり、

「うーん、いい気分だ、わしは今まで何しとったんだろう。あー、腹が減った。おい、清兵衛、なんか食べるもん持ってこい」

「へえ、ただ今、お粥《かゆ》かなにかを――」

青髭先生が、「駄目だ」と、ぴしゃりと申します。「緩解期《かんかい》の大旦那さんには、滋養が必要だ。鰻重《うなじゅう》の松を二人前……それに、上酒を一升ほど持ってきなさい」

「はあ……で、でも、急に二人前も食べたら、却《かえ》って身体に悪いんじゃや……？」

そこで青髭先生、あきれた顔で口を挟みます。

「あなたというご仁も番頭やってる割には気が利かないねえ。一人前は吾輩の分。これから大旦那の快気祝いをやるんだから、酒だけじゃ駄目ですよ。酒肴《しゅこう》の類もじゃんじゃん持ってきなさい」

そんな遣り取りをしている間、松阪屋の大旦那、初めて青髭先生の存在に気付いたようで、

「おお、あなた様が、わしを治してくれた先生で？」

「いかにも、吾輩が臨終療治で知られた妖法医の青髭占星斎である」

「へへー、ありがとう存じます」そこで番頭の方を向いて、「これ、なにをもたもたしておる。先生のおっしゃるとおりだ。快気祝いの用意をせんか。それからな、蔵へ行って千両

箱を持ってこい」

「え？　千両でございますか？」

「そうだ、半年前に、『解体新書《かいたいしんしょ》』の杉田玄白《すぎたげんぱく》先生に診ていただいた際に、病が治ったら千両払いますと約束した、わしの療治費用だ。それがまるまる蔵にしまってある」

「大旦那、その療治代、杉田先生には支払わなかったんで？」

「ああ、あの先生は、腑分《ふわ》けするといって聞かなかったもんで、療治はお断りした。わし痛いの嫌なんでな」

——と、歴史的著名人まで出てきて、話がどんどん大きくなってまいりますが、偽医者青髭先生の奸計《かんけい》は、とんとんとうまく運んで、まんまと千両箱を手に入れます。

帰り際に、番頭さんが、青髭先生を呼び止めて、

「本日は、大変ありがとう存じます。先生のおかげで大旦那様もすっかり良くなりました。大旦那様のお身体とお店を預かる番頭として面目も立ちました」

「あー、良かったの。これからも、よく気が付く番頭さんでいてください」

「はい、ですが、まだ、気遣い事がございます」

「ん？　気遣いとは？」

「大旦那様の長患いを介護した身としては、また、病気がぶり返すのではと案じられまして」

「うむ、殊勝な思案だな」

「それで、病急変の際に、念のためのお薬などございましたら、いただけますでしょうか？」

「薬……」俄《にわか》仕立ての偽医者のこととて、薬箱など持ち合わせているはずもございません。慌てて袂の中を探る偽医者青髭。そこには昨日、幻幽斎先生から貰った胡椒が一包ございました。仕方なしに、それを差し出して曰く、「これね、印度由来の貴重な秘薬だから、半分だけ、置いていくからな」

「おお、そんな貴重なお薬を――して、これをどう用いたら宜しいんで？　食後服用でございますか？　それとも苦しんだ時の頓服《とんぷく》で？」

「ん？　あー、その薬は、くしゃみが出ない時のみ、頓服として用いるように」

――と、とんでもない名医があったもんで。とりあえず、オチがつきましたが、まだまだ噺は、これからが本番でございます。


さて、それからの青髭先生、元の占吉さんの本性に戻りまして、いよいよ俺も「吉」が回ってきたぞ、とばかりに、千両箱を抱えたまま、憧れの吉原に繰り出します。とある楼《ろう》閣《かく》に上がって、そのまま居続け、毎夜毎夜の放蕩三昧、挙句の果てに、気に入った御職《おしょく》の売れっ子花魁《おいらん》を大枚はたいて身請けしてしまいます。すっかり俄《にわ》かお大尽に成り上がった占吉さんの頭には、小間物屋のおみっちゃんのことなど微塵《みじん》もありませんでした。

このあたりで所帯でも持って、せっかく指南を受けた偽医者稼業に戻ればいいものを、花魁の「わちきも、籠の鳥から抜け出せたことだし、赤穂の大石《おおいし》様所縁《ゆかり》の京山科《きょうやましな》や祇園《ぎおん》あたりで、思い切り羽根を伸ばしたいわなぁ、ねえ、青様お大尽……」という甘言に乗せられて、二人して京へ上ります。そういう経緯でございますから、もちろん、おみっちゃんにも、身柄預かり人だった文福寺の道絡和尚にも、お店の養父にも、ましてや世話になった、よろず指南処の幻幽斎先生にも、報せずじまいの不義理を押し通すという博徒《ばくと》の仁義すらも弁《わきま》えぬ輩の悪党占吉。

そんな塩梅でございますから、京に処《ところ》を変えても、やることは一緒、茶屋や楼閣で放蕩《ほうとう》蕩尽《とうじん》の限りを尽くします。さすがに千両箱の中身も乏しくなってまいりました頃、そこで、目を覚ませばいいものを、失地挽回《しっちばんかい》とばかりに、今度は博奕に手を出して、しくじりを重ね、とうとう無一物の身に。そうなると、金の切れ目が縁の切れ目で、花魁女房にも逃げられ、元《もと》の木阿弥《もくあみ》となりました。

本人は「凶」続きの不運な人生と称しておりますが、「ギオンショージャのショーヘイ、ショータイム、ショギョウムジョーのジョーキセンのパー」とかの、いい加減な経文で濡れ手に粟《あわ》の財をなした男でございます。これは、諸行無常・盛者必衰というより、自業自得といったような塩梅で、やはり、このくしゃみが出ない男の本性は、「鼻つまみ者」の「貧乏神」であったのやもしれませぬ。

そんなこんなで、旅の一座の下働きをしながら、やっとのことで路銀を工面し、江戸へ戻ってまいりました占吉さん、先《ま》ずは文福寺の道絡和尚を訪ねます。

「おや、占吉さん、久しぶりじゃの」と何事もなかったかのように挨拶をする道絡和尚。

「へえ、ご無沙汰・不義理を重ねまして……」

「お前さん、あれから、よろず指南処で療治院を開いたそうじゃが……幻幽斎先生、お前さんがツケの指南代を踏み倒して、その後、行方知れずとかで、随分と腹を立てておったぞ——あ、それからね、お前さんが残していったツケね、あれはみんなわしが払っといたから、ここで会ったが百年目、耳を揃えて返してね」

「い、いや、まだ一年目ですし……」

「百年目というのは、そういう決まり文句なのっ」

「ともかく、今すぐに返済とは、いきませんので……」と切り出して、臨終偽医者で千両儲けたこと、その大枚を江戸から京にかけての放蕩三昧で遣い果し無一文になった経緯を語ります。

　それを聞いた道絡和尚が、

「——それなら、わしの寺で修行し直せ——と、並みの僧侶なら言うところだが、わしは徳高い僧侶だから、そんなことは言わん」

「でも……」

「ここで修行させても、わしには一文の得にもならん。したがって、わしが立て替えた指南料も返ってこやせん。――じゃから、もう一度、よろず療治院の偽医者をやって、額に汗して稼いで、稼ぐに追いつく貧乏なしと――わしや他の皆さんに借金を返しなさい」

「――そりゃ、徳高い僧侶の思案というより、勘定高い坊主の企《たくら》みですね」と地口オチみたいな口答えをした占吉さんでしたが、すぐに思い直して、「――まあ、和尚の言われることも、ごもっとも。しかし、今、療治院へ戻っても、幻幽斎先生が許しちゃくれないでしょう。なにせ、あたしは、療治代を半分渡す約束も反古《ほご》にしちまったんだから――」

「なんじゃ、お前さんも、くしゃみが出ないだけあって、なかなかの悪事を重ねておる鼻つまみじゃのう。大したタマじゃ」

「えへへ、それ程でも。和尚さんに比べたら、まだ小者の方で」

「小者と言うより悪者じゃ。褒めておるのではない。――ともかく、あれから、幻幽斎先生、療治院の看板を『よろず指南処』に掛け直しておるし、ここのところは、不在がちでの。借金返済のために帰りましたと詫《わび》を入れれば、指南処へ行っても叱責される心配はないじゃろう。それに、療治院に帰りにくいのなら、直接、病人のところへ出向いて、往診でもしてくれればええではないか」

「しかし、その往診のアテがありません」

そこで、徳高い道絡和尚、やぶ睨みの目を細めて申します。

「つい、昨日のことじゃが、お前さんがインチキ呪文で療治したという日本橋松阪屋の番頭さんが、大旦那がまた倒れたってんで、青髭先生を探して、この界隈《かいわい》を訪ね歩いとったぞ」

「そりゃ、耳寄りな話だ。――さすが悪徳高い坊さんだ」

「悪だけ余計じゃ」

「へい、すんません。あすこなら、また千両いただける。和尚にも割り前払いますよ、悪――じゃなかった。善は急げ、稼ぐに追いつく貧乏なし――だ。日本橋へ行ってきますんで、じゃ、さいならー」


――てんで、日本橋は松阪屋にやってまいりました偽医者占吉。

「えー、こんちはー……と言うより、御免、かな」

「へーい」と出てまいりました番頭さん、占吉さんの顔を見るなり、「どちら様で？」

「どちら様って……あっし――じゃなくて、吾輩は妖法医師の青髭占星斎であるが」

「はあ？　青髭……にしては、髭がないが」と怪訝な顔の番頭さん。

「あ、髭ね」今日は藍で口の周りを染めてこなかった占吉さん、慌てて顎《あご》をさすりながら、

「あの青髭の名称はね、小石川の赤ひげ先生から商標登録の関係かなんかで、訴状が出ちま

ったもんで、剃ることにしたんだよ。これからは髭なし先生とでも呼んでくれたまえ」

「おお、そうでしたか。やけにお若いのでお見それしましたが、なるほど、鼻から上は、確かに一年前にお世話になりました先生の顔形でございますな……いや、ここのところ随分先生の行方を探しておりましたが、ご不在なうえに、療治院の看板も掛け替えられていたので、どうしたものかと案じておりました」

「いや、なにね、あれから吾輩の名声も諸国に響き、西のほうのお公家様やお大尽から、我も我もと療治の引く手あまた。そんなわけで諸国療治の世直し旅に出ておったのだよ。それで、一年経って、ようやく江戸へ戻れたというわけで――」

「それはご苦労様でございました。……そんな長旅の後で、申し訳ないのでございますが――」

「ああ、みなまで言わずともわかっておる。大旦那様がまた倒れて、今は命に関わる重篤《じゅうとく》な状態だというんだろう」

「どうして、それが――?」

「いやね、世直し行脚で疲れてはいるが、こと療治となると、吾輩の心眼が冴えわたってな、江戸へ戻るなり、そちらの難儀が、すっかりわかっちゃってね」

「そうでございましたか。さすが青髭――いや、商標登録上は髭なし先生でございますか――早速、療治の方をお願いいたします」

こうして、髭なし先生、大旦那の臥せっている間に通されたのでございますが、そこを見るなり頭を抱えてしまいます。占吉さんのほうからは、背中しか見えませんが、経帷子に白髪頭の死神が、今回も坐っておりました……それも、病人の枕元の方に。

（あちゃー、死神の奴、枕元に坐ってやがるよ。それに、長患いに付き合って疲れたせいか、居眠りしてやがるよ。介護疲れってやつかね？　――でも、これって松阪屋の大旦那も、いよいよ寿命が尽きるってことか。幻幽斎先生、こういう場合は、「ご寿命が尽き申した。ご臨終でございます」とか言うしかないって言ってたな。だが、そんな臨終指南に従ってたら、療治代千両満額貰えないかもしれんぞ。なにせ、算盤の弾ける番頭のこと、「亡くなったのでございますから、お布施ということでご勘弁を」とかなんとか言って三両ぐれえ包んで済まそうとするかもしんねえ、さて、どうしよう……）

――なんて、手前勝手な思案を巡らせている髭なし先生ではありますが、そこは小石川の赤ひげ先生を訴人《そにん》にさせるほどの詐欺師でございます、すぐに奸計が浮かびまして、

（……そうだ！　枕元の死神を動かせないなら、病人の方を動かしゃいいんじゃねえか！）

そう考えついた詐欺師占吉は、番頭さんに向かって、

「あー、前回のようにな、庭に向いた障子を開けてな。それから、ここの若い衆、丁稚小僧でも下男でもいいから、腕っぷしの強そうなのを四人《よったり》ばかり呼んどくれ」

番頭さん、言われた通り四人の若い衆を呼んできます。

「おお、若い衆――小僧さんばかり四人も来たか。随分早いな。店、暇なのか？　――まあ、いいや。それじゃな、四人それぞれで、大旦那の敷布団の四隅をしっかり摑《つか》んでな、そのまま大旦那ごとぐるっと回して……そうそう、枕元と布団の裾の方を逆にするんだ。これはな、俗に『東枕』といってな、西方浄土から遠のくってんで、瀕死の病人の療治には欠かせない儀式みたいなもんだ。……そう、そんな感じで宜し。今から、例の疫神退散のありがたいご祈禱をするから……ええっと、ギオンショージャのショーヘイ、ショータイム、ショギョウムジョーのジョーキセンのパー……でいいんだっけか」さらに柏手ふたつ打ちます。

詐欺師占吉が恐る恐る目を向けると、今や病人の足元に坐ることとなった死神が、びっくり仰天、効果てきめん、庭の方へすっ飛んで逃げて行くではありませんか。それを見た詐欺師占吉が内心ほくそ笑みます。

（しめしめ、作戦成功。あとは、大旦那が息を吹き返してくれれば、礼金千両丸儲けですよ……）

――ところが。

松阪屋の大旦那、目をつぶったまま、ピクリとも起きる気配がありません。

（あれ、大旦那、死神退散したのに、起きる気配ないよ。……ああ、息もしてねえみてえだ……こんな時はどうしたら……そうか、脈診でもすりゃいいんだな……）

偽医者占吉、急ぎ、見よう見まねで脈を探りますが、これもまったく反応がない。

「どうでございますか、先生……」との番頭さんの呼びかけに、偽医者占吉、神妙な顔で答えます。「あー、どうやら、ご寿命が尽きたようで。ご臨終でございます」そこで、もっともらしく溜息《ためいき》をついて、「拙者としても精いっぱいご祈禱療治を施《ほどこ》したのでございますが、もう少し早く、世直し療治行脚から帰ればよかったと、己の不覚が悔やまれます。ですが、大旦那様もご高齢のことではございますし、これは神仏の定めた天寿ということで、ご得心いただければと……この後は、お坊様をお呼びして枕経《まくらぎょう》の段となりますが、拙者も長旅帰りの身からお弔いに立ち会うこと能《あた》わず、療治院の方へ帰らねばなりませんので、そろそろお暇《いとま》を……」

（おい、気の利かねえ番頭だな、早く千両箱持ってこいよ）と、心の中でバチ当たりなことを呟く偽医者占吉。

それを聞いた番頭さん、はっと気が付いた様子で、

「これは、気が付きませんでした――療治代のお支払いが、まだでございましたね。まことに些少《さしょう》ではございますが、これを――」

と言って、二通の紙包みを差し出します。一通は薄っぺらい不祝儀袋《ぶしゅうぎぶくろ》の表に「お布施」と書かれております。

茫然《ぼうぜん》として口も利けない占吉に、番頭さんが、伏し目がちながら釈明を始めます。

「前回のご祈禱療治には千両お支払いしましたが、今のお店には、それだけお支払いする余裕がないのでございます。大変面目ない話でございますが、白状いたします。先生のご祈禱療治で大旦那様、元気になられたのは、いいのでございますが、少し過剰に元気になられましてな――」

「――過剰に元気?」

「はい、あの日の快気祝いでもおわかりでしょうが、大旦那様、本来賑やかなことがお好きでして、翌日からも、江戸中の茶屋、料理屋で、芸者を揚げてのドンチャン騒ぎ。その上、吉原で馴染《なじ》みとなった御職の花魁を身請けして、楼主に払った年季明け前の身代金と借金が合わせて千五百両ときたもんだ。その贅沢《ぜいたく》慣れした花魁女房を家に迎えるという放蕩三昧の日々が続き、それを実子の若旦那様が咎め立てするかと思いきや、放蕩というのは病のようにうつるものでございましょうか、親を諫《いさ》めるどころか、ご自分も品川の板頭《いたがしら》女郎《じょろう》に入れあげ、お店の金で身請けして、更に、松阪屋の身代《しんだい》を潰すほどの大枚を拐帯《かいたい》の上、『こんな店なんぞ継ぐもんかい』と、駆け落ち逐電の挙に出、今は行方知れずという始末。一方で、お店の大旦那と若旦那がそんなでございますから、お店のほうの顧客の足も遠のき、出費ばかりのところへ入金がないので、お内緒も火の車、問屋など出入り業者への支払いもままならず、使用人への給金も出せずに大量解雇という不始末。それらの方々には、蔵の財物を差し上げましたので、蔵に残ったお金は、ほんの僅《わず》か。そのお金も、大旦那様が、起死回生とばかりに、連日博奕につぎ込み、今やこのお店すら、借金のカタに取られているという塩梅で。それを見かねた花魁女房が、『あちきが身を売ってお店をお支えしまする』と言うかと思いきや――」

「――また、思いきや、ですか……」

「はい。花魁女房の奴、『こんな貧乏店のお内儀《ないぎ》なんぞじゃ、吉原で御職を張ったあちきの名が廃りんす。今一度、岡場所に入って板頭になり、別のお大尽をつかまえまする』とかなんとかほざいて、手切れ金をふんだくって家を出ていき、そこで、心労が溜まりに溜まった大旦那様が、とうとう病に斃《たお》れたと――こういうわけなのでございます」

「……なんか、どっかで聞いたような嫌〜な貧乏話だね」としか言いようのない、同病相《あい》憐れむの態《てい》の占吉でございました。

「まことに左様なわけでございまして、先生のご祈禱療治で疫神が退散したのはいいが、代わって貧乏神に取り憑かれたような嫌〜な話でございます」

「嫌〜な話はもういいから。――それで、このお布施というのは？」

「昨日、大旦那様が包んだものでございます。わたしが青髭先生を探してまいりますと言ったのでございますが、大旦那様が『いかに、青髭先生といえども、もう間に合わんじゃろう。わしはもう駄目じゃ。仏に療治代というのも帳簿の帳尻が合わんだろうから、わしが仏になったら、お布施という名目で、先生にお渡ししてくれ』ということで、残された金からわたしの終身年金と葬式代を差し引いた額を――」

番頭さんがみなまで言わぬうちに、偽医者髭なしが口を挟みます。

「中身は三両だろ」

「封も開けずに、どうしておわかりで？」

「想定の範囲内……いや、吾輩、心眼の持ち主なものでな、なんでもわかっちゃうのよ。

――それはともかく、お前さんは、失礼ながら、大店の番頭にしては、少し気が利かぬふうにお見受けしたが、残った遺産から自分の終身年金を引っ張ってくるなんて、案外、勘定高いんだね」と、自分のことは棚に上げ他人を非難する卑劣な詐欺師でございますな。

それを聞いた番頭さん、けろっとした顔で、「はい、わたしも算盤ずくの仕事でご奉公してまいりましたもので」

「ああ、そりゃ結構なこった。あたしも、若い頃は世間様から鼻つまみの貧乏神とまで言われた男だが、今や医は仁術を心得としている身の上だ、仏さんや奉公人から、これ以上の金を巻き上げようとは言いませんよ」

「ありがたきお言葉、恐れ入ります。――その代わりと言ってはなんでございますが、お布施の他にオマケもついておりますので」

「へ？　オマケ？」

「もう一つの包みに入っております高価な品」

「え？　これ？　包みの上からだが……手触りからすると砂金かなにかかい？」

「いいえ、お忘れでございますか？　昨年、大旦那緩解の際にいただいた貴重な頓服薬でございます」

「あっ、胡椒……じゃなかった」と、慌てる偽医者。「コショウ――妖法秘薬の故症香《こしょうか》のことね、これ、かなり高額なんで――」

「いかほどのもので？」

「あー、酒一升にして千本ぐらい買える値段かなー」

「それは、ようございました。先生も面白い喩えで算盤を弾ける方でございますね」


松阪屋を退出した後、素に戻った占吉が、「チッ、面白くもねえ」と、ぼやきます。「布団ひっくり返す計略で死神追い出したまではいいが、大旦那、おっ死《ち》んじまいやがった。やっぱり、死神どうのこうのいう前に、ありゃ寿命だったのかね。それに、千両の見込みが、たった三両に胡椒のオマケつきときた。これじゃあ、借財返済しきれませんよ。さて、どうしたものか。ええい、こうなったら、茶屋にでも行って遣っちまおうか」

――と、またまた身勝手なことを思案しております折も折、道絡和尚と、ばったり出会います。

「和尚っ、こんなところでお会いできるとは、こりゃまた不思議なご縁で」

「縁ではない。先ほど、お前さんに松阪屋の療治仕事を斡旋《あっせん》した手前、その後どうなったのかと思って来てみたまでじゃ」

「仕事の斡旋って、坊主と言うより口入屋《くちいれや》だね」

「うるさい、お前さんこそ、口入屋を上回る口の減らん奴じゃ。――で、療治仕事の首尾は、どうじゃった？」

「それが、全然駄目でして、妖法の祈禱にあたし流の味つけで、ちょいと臨終療治したんですが、失敗でしたね。松阪屋の大旦那、おっ死にました」

「――おお、ご寂滅《じゃくめつ》されたか」――その言葉とは裏腹に道絡和尚の顔が心なしか輝く。

「和尚、なんか、嬉しそうですね」

「い、いや」和尚が慌てて、「人が死んで嬉しくはないよ。――じゃが、わしは博奕の盆なんぞで、松阪屋の大旦那とは、いささかなりとも交誼《こうぎ》を結んでおる。じゃから、ちょっと、通りがかりに、お前さんから聞きつけたというんで、枕経のひとつも唱えてやれば――」

占吉が先回りをして、

「――お布施にもありつける、というわけでしょう？　和尚は、徳高いというより、勘定高い坊さんですね」

「うるさい。松阪屋はウチの檀家《だんか》ではないし、あくまでも『友情出演』ということじゃ」

「ああ、さいですか。じゃあ、さっさと枕経唱えて、お布施貰ったら、ここまで、戻ってきてください」

「ん？　なぜじゃ？」

「和尚のお布施で、茶屋かなんかで一杯やって、あたしのこれからの身の振り方を思案するんですよっ」

「身の振り方……お前さんの？」

「そうです。療治仕事に失敗したんで、次の金儲けの算段がしたいんですよ。あたしとしては、しばらく文福寺に置いてもらって、またぞろ、和尚に口入れしてもらうのが最善策かと――」

占吉が言い終わらぬうちに、道絡和尚が顔色を変え、「それは、駄目じゃ」と、きっぱり申します。

「なんでですか？」

「お前さんに寺に居座られると迷惑なんじゃよ。今だから言うが、去年、お前さんがいた十日間な、檀家の衆が全然寺参りに来なくなり、従って寺参り銭も入らなくなり、また、葬儀も法事もなしで、お布施も入って来なくなり、来るのは安価な厄払いの護摩焚きばかり、その時点で寺は財政破綻《はたん》なのじゃが、更に副業としてやっておった家内制手工業による『一円相《いちえんそう》』の通販事業も提携の黒猫飛脚《くろねこひきゃく》に勘定奉行の一斉お取り調べが入って休止に追い込まれる始末。さらに、昔取った杵柄《きねづか》の骨董《こっとう》商売も顧客離れで成り立たず、また、戯作《げさく》執筆のほうも、売れ行きさっぱりで、休筆を余儀なくされ、起死回生とばかりに博奕に励むも、これまた『凶』の目続きの負け続け、遂には、雲水や飼猫共まで、『占吉みたいな鼻つまみの貧乏神がいたんでは、打座に集中できないので、他の寺に行くにゃー』と造反に出たものでな——」

「——なんか、どっかで聞いたような話だにゃあ」と、首を傾げる占吉でした。

「ところがっ！」道絡和尚、急に元気な声になって、「お前さんが、寺から脱走してから、寺を覆っていた貧乏神の呪詛《じゅそ》が、きれいさっぱり解消してな。寺の経営も副業の方も次々に依頼が来て絶好調、博奕では、座頭の市つぁんを負かすほど勝ち続けるし、雲水や猫ちゃんたちの愛情もわしのところへ戻ってきた」

「随分と気色悪いものも戻ってきちゃったんですねえ」

「だから、頼むよ、寺へ来ないでくれ、占吉大明神様……ナンマンダブ、ナンマンダブ」

さすがの占吉も憤然といたします。

「他人を貧乏神呼ばわりしといて、今度は大明神ですか。それに、宗派違いのテキトーなお経なんか、ありがた迷惑です。——わっかりました。いいですよ、お坊さんに拝まれたんじゃあ、あたしも仏心を出して、お寺に行くのはよしにします」と、妙なところで仏心が出てくる占吉大明神。

「ああ、ありがたや、ナンマンダブ、ナンマンダブ……」

「ホント、自由自在にテキトーな坊さんだね、あなたというご仁は」

「なにせ、拙僧、自済宗事由派に属するもので」

「はいはい、偉い偉い。ともかく、寺には行きませんから——その代わりに、代案、出してください」

「あ？　代案？」

「そう。あたしの身の振り方の代案ですよ」

「それなら、親元に戻ればよい」

「それは駄目。お父っぁんは、和尚と違って、自由自在やテキトーな仁じゃないです。今戻ったら、番所・奉行所に突き出されますよ」

「ふむ。それも、そうじゃな、お前さんのお父っぁんは生真面目な善人じゃからな……」

と、思案投げ首の道絡和尚の禿頭《はげあたま》に、閃《ひらめ》きの灯火がピカリと光ります。「そうだ、自由自在テキトーで思い出した。真面目が駄目なら、自由自在かつテキトーに生きとる仁のところへ行けばよい」

「和尚以外に、そんな人いるんですか？」

「いるよ。ほれ、自由自在テキトーに商売替えするご仁——」

「ああ、よろず指南処の……でも、あの先生、今は不在なんでしょう」

「いんや、いるね。つい先ほど、あそこの前を通りがかったら、看板が掛かっていたし、窓は戸締まりしてあったが、羽目板の隙間から、灯火の明かりが盛大に漏《も》れているのが見えた。じゃから、誰かいることには間違いない」

「でも、幻幽斎先生も怒っているでしょうから……」

「なに、ダイジョブ、ダイジョーブ……あの先生とわしは似たところがあってな、あんな風に、ころころ商売替えするところを見ると、きっと、本性の方も自由自在テキトーなんじゃろ。だから、お前さんが、殊勝な顔して、謝りに行けば、きっとテキトーに許してくれるに違いない」

「そんなテキトーな代案、信じていいのかな」

「いいんだよっ、信心も坊主の禿頭から——と言うじゃろ。わしは、これからお布施を貰い……じゃなかった、『友情出演』の枕経をあげに行くでな、ほれ、善は急げだ、テキトーに速足で行きなされ」

——と、どこまでもテキトー自在な道絡和尚なのでございました。

第三章　真景　よろず指南処

さて、よろず指南処へ戻ってまいりました占吉、家の様子を眺めると、確かに看板は掛かっておりますし、板張りの隙間からは、内部の灯火の明かりが、そこここに漏れております。しかも、光の明度からすると、相当数の灯火が灯されている様子。

明るければ怖くないだろうと単純に思案した占吉、家人を呼ばわりもせずに、板張りの道場へ入って行きました。

案の定、そこには、だだっ広い中に、夥《おびただ》しい灯火が灯っておりました。それらは、幻幽斎と最初に出会った時と同じ形の古銅の燭台に、長短さまざまな蠟燭が立てられていて、蠟燭の炎もその長短によって、力強く燃え盛っているものもあれば、今にも消え入りそうに揺らめいているものなど、それぞれといった有様でございます。灯火に照らされた道場の壁面も、ゴツゴツした岩の洞窟《どうくつ》のように見え、異様な瘴気《しょうき》が漂《ただよ》っており、まるで別世界のような趣でございます。

蠟燭の群れの間を抜けて奥へ行くと、何本かの燭台が並んだ黒檀の机があって、その向こうに、白髭、経帷子姿の幻幽斎が立っております。手には同じく蠟燭が灯る燭台が握られておりました。その顔は、寝ているでもなく覚醒《かくせい》しているでもない半眼の仏像のような表情。相手は怒っていないと判断した占吉がおずおずと声を掛けます。

「あのー、コンチワー、いや、今晩は、かな？　ともかく、ご無沙汰しております」返事がないので、取り入るような口調で、「ええっと、幻幽斎先生、またご商売替えですか？　外には『よろず指南処』の看板が掛かっていたが、今度は仏具屋かなんかに衣替えということなんスか？」

「いや」相変わらずの洞《うつろ》の底から響いてくるような、しわがれ声で幻幽斎が答えます。「仏具店に見えようが――」

他人の話など聞いていない占吉が勝手に話の腰を折ります。

「仏具店やるなら、蠟燭だけじゃなくて、仏壇や位牌《いはい》、線香の類も置いといたほうが、大きく儲かりますよ。――あたし、ちょっと、日本橋の問屋まで行って仕入れてきましょうか？」と言いながら、ただならぬ瘴気に、早くも逃げ腰の占吉でございます。

だが、幻幽斎はそっけなく、「いや、その必要はない。このままで商いはできる」

「でも、商いしているなら、あたしもお手伝いを――」

「療治代の割り前もよこさず、一年も行方知れずで、なにが今さらお手伝いじゃ」

「へえ、すんませんです。――ご迷惑おかけしました」と、いったんは殊勝な顔になるが、そのあとは開き直って、「――だからこそ、ですよっ。先生への借金を返したい一心でここへ馳せ参じたわけですから、新たなご商売をお手伝いして、頂いたお給金から生活費さっ引いた分を、毎月少しずつお返しできるよう、ガンガン働きますんで、どうか――」

「フン、二枚舌かつ舌先三寸な奴……だが、こうして自ら出頭したのなら――」

「そうですよっ、いえ、道絡和尚には、ウチの寺へ来なされと言われたんだが、あたしは、どうしても徳高く寛大な幻幽斎先生にお許しをいただきたいんだって、すがる和尚を振り切ったところでして」

「なにが、和尚を振り切って――だ。この期に及んでまだ二枚舌を使うか。道絡和尚はな、軽妙に見えても、わしに匹敵するほどの心眼の持ち主。それゆえ、互いに意気投合して、今や刎頸之友《ふんけいのとも》ともいうべき間柄なのじゃや」

「なんスか？　糞鶏《ふんけい》の友？　鶏――は鶏《にわとり》？　鶏の糞《くそ》を食べあう仲ってことですか？」

「嫌だね、学問のない仁というものは。『刎頸之友』というのは中国の『史記《しき》』にある故事で、『お互いに首を斬《き》られても後悔しないような仲』のことを言う」

「随分と、物騒な仲ですね。それなら、鶏の糞を食べあう仲のほうが、よっぽど気楽でいいや」

「わしは、鶏の糞を食うほうが嫌だな。ありゃ、くっさいぞ～って――」そこで我に返った幻幽斎先生、話を戻します。「いや、そんなこと、どうでもよい――ともかく、その朋友《ほうゆう》である道絡和尚が、先ほども、わざわざここへ立ち寄られ、『くしゃみもできない占吉の鼻つまみ人生は、どうやら、神仏の域を超える酷さなので、先生のところで、人生まるまるご指南してくださらんか』と、申し出られたのじゃ」

「えー、あの悪徳坊主、端から責任逃れで、俺をここへ押し付けるつもりだったのか。さすが、鶏の糞を食う男は、やることが、キタナイわ」

「誰が鶏の糞食う男じゃ。恩人のことを悪しざまに言うお前こそ、鶏の糞食うキタナイ男じゃ！」

幻幽斎先生の怒声に気圧《けお》された占吉が取り成すように、

「はいはい、後で鶏の糞でも鼠《ねずみ》の糞でも食いますから、ここはまず、今の食い扶持《ぶち》――新商売について、教えてくださいよ」

「ふーむ、それもそうじゃな。――商売替えと言うより、これがわしの本来の仕事――寿命指南処じゃ」

「ジュミョウ指南って、あの命の長さの寿命ですか？」

「そう。わしは、江戸の人々の寿命について、管理・保守点検をしておる」

「ああ、寿命の大家さんみたいなもんですね」

「俗っぽい喩えをするな」

「でも、そもそも、どうして、人様の寿命が、わかるんですか？　臨終指南の時は死神がどこに坐っているかとか、寿命の仕組みをご指南いただきましたが」

「死神が坐るのは最終段階ね。死神たちは、その前に、ここに来て、目に付いた人物の寿命――と言うか、余命だな――あとどれだけ生きるのか確認してから坐る場所を決める……余命に僅かでも希望がある場合は布団の裾の方に、余命尽きる場合は枕元に坐る」

「それは以前、聞いていますが。――それじゃあ、その余命をどうやって測るわけですか？」

「お前の周りにずらっと並んでいる燭台の蠟燭な、それが、江戸のこの界隈の各人の余命を示しておるのじゃ。蠟燭の丈が長く盛んに燃えているものは、余命が長く、丈が短く炎が揺らいでいるものは、文字通り余命も風前の灯火《ともしび》ということじゃ」

「へー、それで、幻幽斎先生が、その寿命だか余命だかを取り仕切る貸元さんなんで？」

「貸元？　ヤクザの親分じゃないんだから。――ここまで話せばわかるじゃろう。わしは人の死を司る死神なんじゃ」

［ドロドロ太鼓のお囃子《はやし》が響く］

死神が続けて申します。

「わしは生きとる時は、浪人ながらここの道場主をやっておった。じゃが、酒におぼれて、赤穂浪士の討ち入りに遅参……それを恥じて、自害したのだが、霊となりても尚、義士の列に加わること能わず、極楽にも地獄にも行けず、この辺りを、地縛霊《じばくれい》としてブラブラしておったのだが、その後、欠員ができて死神に昇格できたのだ」

「哀れな境涯《きょうがい》だとはご同情しますが、欠員が出たからって、死神昇格の仕方って随分とテキトーなんですね」

「うるさい。お前のような小者悪党には、わしの苦衷《くちゅう》はわからん」

「すんません。――じゃあ、松阪屋の大旦那のところに坐っていたのも死神様の自作自演なんで？」

「そういうことになるな」

「なんでまた、そんなことを？」

ここで、死神、やや消沈した様子になって、

「……いや、わしも、死神界の役人の儀として働いてきたのだが、ほら、役人みたいな福祉関係の仕事はキツイ割に薄給なんでな、そろそろ、まとまった金を得て、地獄界から極楽界のほうへ移籍して、楽な隠居生活をしたいと思ってな」

「地獄から足抜きするのにも金がいるんですかい？」

「地獄の沙汰も金次第というじゃろう」

「はあ。しかし、そういうことなら、いつも金欠のあたしも思案しとかなきゃいかんということですか？」

「そうよ。だから、お前を引き入れ、割り前を約束させた上で、余命が尽きかけている松阪屋から臨終療治の代金をせしめようとしたのに、お前は、その礼金を全部蕩尽しちまった」

「えへへ、さっき道絡和尚にも言われたんですが、あたしの場合――自分も貧乏、ついでに他人も貧乏にするのが天職みたいな塩梅でして」

「何が天職だ。わしの隠居資金を遣い込みしてしまいおって。それに、今日のことだって、小賢しい奸計で、わしの仕事を邪魔しおった」

「あ、さっき、布団をひっくり返した時に、逃げ出したのも先生――死神様だったんで?」

「そうだよ。ここで松阪屋の余命蠟燭を見たところ、もう蠟を継ぎ足しても駄目なほど炎は消えかかっていた。だから、お前が小賢しい策を弄《ろう》しても、松阪屋の回復の見込みはなかったんだが、わしはね、臨終に最後まで立ち会って一人ナンボの歩合制で報酬を得てるんだよ、それまでお前はフイにしやがった」

再び険悪な雰囲気になってまいりましたので、占吉、巧みに話を逸らします。

「――それはともかく、さっき、この界隈の余命蠟燭がここにあるとおっしゃいましたが……ってことは、あたしの知り合いなんかの蠟燭もあるんで?」

「ああ、あるよ。――お前とわしの間にあるそこの机な、これは占吉関係者のために余命蠟燭を集めた特別あつらえの生死の燭台だ、ほれ、こっちへ寄って、とくと見るがいい」

「へい」と言って、占吉が進み出ると、確かに、黒檀の机の上に長短さまざまな蠟燭が並んでおります。「――なるほど、いろいろ並んでますねぇ。俺って案外交友関係広いんだなぁ。さて、どれが誰の余命蠟燭なんだろう？　――死神様、この左端の長くて盛んに燃えてる蠟燭は誰のですか？」

「それは、おみっちゃんのだ」

「おみつ……」

「お前と縁が切れてから、寿命が延びたと見える。炎の勢いもおみつの盛運を表しておるな。いずれ玉《たま》の輿《こし》に乗って、幸福な生活を送るであろう」

「あの娘があたしと別れて幸せにね――あー、それは、よござんした。じゃ、隣の蠟燭がちびてるのは？　炎の勢いも頼りねえが――」

「それは、お前のお父つぁんのだ。お父つぁんはな、この一年、お前が博奕のために手を付けたお店の金を返済するってんで身を粉にして働きなすったんだが、とうとう身体を壊した。お店からも暇を出され、いまは、貧乏長屋で臥せっていなさる。寿命――いや、余命蠟燭の勢いからすると、この冬いっぱいもつかどうか……どうだ、悪いことをしたとは思わんか？」

「さあ、『他人を貧乏にするのがお前の天職か』なんて、お父つぁんには、生前、酷いこと言われてますんで、特に悪いことしたとは――」

「かー、何たる親不孝者、それに、『生前』とはなんだ。まだ、お父つぁんの余命蠟燭消えてはおらんぞ」

「そうすか、じゃ、あんた、管理人なんだから、あたしを責める前に、テキトーに蠟継ぎ足してやってくださいい」

「ホント、お前のような奴を人非人《にんぴにん》というんじゃや」

「あんただって、人でなしの死神なんだろう」と言い返す占吉。ところが、奴さん、他人の余命を知るのが面白くなったと見え、さらに死神に尋《たず》ねます。「じゃ、こっちの、やっぱりちびてる蠟燭は？」

「松阪屋の番頭の清兵衛さんのだ」

「あいつも、余命ねえのか？　松阪屋からの年金で悠々自適の手はずじゃ――？」

「いや、なけなしの年金も債権者に取られるというんで、今頃は首を括《くく》る算段をしてるだろうよ。みんな、お前と関わったせいだ」

「フン、なんでも俺のせいか……じゃあ、隣の同じように短い余命蠟燭は？」

「お前の元の女郎女房のもんじゃ」

「へー、あの女郎は、うまくやってると思ったが――」

「いいや、あの後、品川の岡場所に移ったまではよかった……ところがその後、板頭になるどころか、悪い客に起請文《きしょうもん》を反古《ほご》にされ、さらに悪いことに労咳《ろうがい》を患い、今や、廓裏《くるわ》の長屋に移され、その命も風前の灯火……これもみんな、お前と関わったせいだが、この女には、お前も恨みがあるようだから、余命の炎、吹き消してやろうか?」

「えっ」と言って、さすがにのけ反る占吉。「蠟を継ぎ足すだけじゃなくて、命を吹き消すこともできるんですか?」

「ああ、わしが、フウとひと息吹きさえすれば、命の灯火は消えるのじゃ」

「管理点検だけじゃなくて、そこまでやっちゃったら、もう、お役人の仕事じゃないでしようが!」

「だから、わしの仕事は神の領域——死神だと言うとるじゃろう。ほれ、もっと敬え、もっと畏《おそ》れろ……」

［ドロドロ太鼓、響く］

動揺した占吉、なんとか話を転じます。

「短い余生より、もっと明るい……そう、右端の太くてひときわ明るい明滅しない灯火がありますが……あれ、なんですか? 揺らぎがない光だから蠟燭には見えないんだが——」

「ん、あれは、《絵流井伊泥《エルイーディ》》とかいう灯火で、蠟燭の何万本分ほどもつそうじゃ。まあ、エレキテルで作動する絡繰《からく》り蠟燭の一種だな」

「へー、その、エルなんたらという絡繰り蠟燭、誰のものなんで？」

「道絡和尚のものじゃ、先日、遥《はる》か未来から手に入れた稀覯《きこう》なる骨董だということで、自分のちびた蠟燭と取り替えてくれと懇請《こんせい》されたので――」

「えっ？　未来から手に入れた骨董って……？」

「道絡和尚は時空を超えて自由自在な宗派に属する御坊なのでな」

「……まあ、あの方が、そういうテキトーな宗派なのは知ってますけど、それよりも、道絡和尚だけ余命蠟燭をすり替えるなんて、そんなズルいいんですか？　あんたは死神なんでしょう？　いやしくも神が贔屓《ひいき》したら駄目でしょうがっ！」

「いや、いいんよ、ズルしても。逆説的な真言《しんごん》としては、ズルしてもいいから神として崇め畏れられるわけなんよ。それにな、道絡和尚とは刎頸之友なもんでな、これはズルというより、友誼《ゆうぎ》に属する行為になるわけ、わかった？」

「なんだよ、道絡和尚みたいなテキトーな物言いだね。ああ、わかりましたよ。鶏の糞食い合った仲なんでしょ。いいですよ、和尚の件は了解。――じゃ、さっさと、次の質問行きます。和尚の絡繰り蠟燭の隣に立ってる燭台は誰の……」

――てな具合に机の余命蠟燭を一本ずつ吟味《ぎんみ》してまいりましたが、とうとう、最後の一本、列の真ん中に残った燭台の番が回ってまいりました。ここまでくると、さすがの占吉も嫌な心持ちになってまいります。

「こ、この蠟燭、今までで一番短いですねえ。殆んど芯《しん》だけじゃねえか。炎も頼りねえ……俺の関係者も後がねえし……ひょっとして、この蠟燭は……」占吉、そこで息を吞《の》みます。

「――いったい、誰のものになるんで?」

死神が、ぞっとするような笑みを浮かべて、

「お前のだ」

「え? やっぱり、俺の……俺はもうすぐ死ぬわけか」

「ああ、そうだよ、『もうすぐ』どころか『今すぐ』にでも……命の残り火は、お前自身の吐息ですら消えてしまうくらい弱いんだ。ほれ、吞んだ息を吐《は》かんかい。……それとも、わしが手伝ってやろうかえ……へへへ」

――そう脅しながら、余命蠟燭に近づいてくる死神。慌てた占吉、心の中で、(ああ、どうしよう、このままじゃ、死神に蠟燭の灯火を吹き消されちまう……今さら疫神退散の祈禱唱えたって駄目だろうし、なんか、死神を止める手立てはねえもんか……そうだ、なにかぶつけてやれば……)と、思いつき、袂の中に探り当てたものを摑んで、死神の顔を目掛けて投げつけます。

「これでも、食らいやがれ、死神め!」

投げつけられたものが、死神の鼻先でバッと散ります。死神たまらず半眼をつぶり、「ハ、ハックショーィ、バカヤロ、チクショーメ!」

占吉が投げつけたものは、最前、松阪屋の番頭さんから返してもらった胡椒の包みでございました。当然のごとく、死神の盛大なくしゃみによって、占吉の余命蠟燭の灯火は消え――。

［占吉、その場に倒れる／演者、高座《こうざ》で倒れる］

＊

【中入り】

お客様、ご案内の通り古典落語の定番名作、初代三遊亭圓朝《さんゆうていえんちょう》の翻案創作による『死神』の結末でございます。この仕草オチ（演者が黙したまま倒れる仕草によるオチ）による結末については、六代目三遊亭圓生《さんゆうていえんしょう》師匠のものを採用いたしましたが、その件や作者圓朝については、後ほど【解題】として、わたくしの研究成果をたっぷりとお話しいたします。

さて、当『落語魅捨理《ミステリ》全集』は、古典落語のミステリ的改作を旨《むね》としております。故に、優れたアイディアの有名作としては尺が短く、本来はミステリでない『死神』に、魅捨理《ミステリ》的なアイロニーと伏線の回収を加えるために、前半部に『あくび指南』と『くしゃみ講釈』

の要素を組み込んだ構成を考えたわけでございます。これは結末から逆算してプロットを思案するという探偵小説の父祖《ふそ》エドガー・アラン・ポーの故智《こち》に倣った由緒正しき方法論でございます。

さて、オチの話に移ります。再度申しますが、当『落語魅捨理全集《ミステリ》』は、古典落語のミステリ的改作を旨としており、その中には、当然、オチの改変乃至《ないし》独自のオチ投入という難事も含まれております。但《ただ》し、本編では、オチの一行のみ、この演目を得意としておりました、これまた昭和の大名人、六代目三遊亭圓生師匠のものを採用いたしました。このオチは、噺の主人公の仕草・動作を、そのまま演者が演じてオチとするという、《仕草オチ》と呼ばれる特異なオチでございます。その特性は、《虚実皮膜》――との表現でわかりにくければ、ミステリの《叙述のトリック》に通ずるメタなオチでございます。また、『死神』という噺はプロットの面白さから多くの噺家によって、様々なヴァリエーションの結末が創作されております。ネタバレはミステリでも落語でもご法度《はっと》ですので、ご興味のあるお客様は、ネット検索等でお調べの程を。

先程来《さきほどらい》、オチの改作やオリジナルのオチ投入を謳《うた》っておきながら、なぜ、お前は圓生師匠のスタンダードなオチを採用するのか――というお客様の声が聞こえてまいる頃合いでございますが、本編のオチは、ミステリで言うところの《ダミー解決》でございます。実は、これからが本番、わたくし独自の改作オチは、この後たっぷりと、披露《ひろう》させていただきます所存――それも複数上等の《マルチ解決》にて。

――そうなんでございます。お客様の中には、そもそも『死神』未体験の方もいらっしゃるはず。それなら、先ずスタンダードの結末をお示ししなければ、改作のオリジナリティーも伝わるまいと愚考いたしましたわけでして。

《落語家の神様》が三遊亭圓朝なら、わたくしにとっての《ミステリの師匠》はクリスティアナ・ブランドでございます。わたくしは実際にブランド女史に小説作法を伝授されております。そのブランド師匠と言えば、これでもかというくらいの《マルチ解決》が真骨頂の大名跡。

――ではでは、野暮《やぼ》な自慢話はこれくらいにして、お覚悟のほど宜しいでしょうか。

『落語魅捨理《ミステリ》全集』名物――オチの連打、マルチ解決の雨あられ、レッツら・ゴーで、まいります。


【オチ＝解決　二】

余命蠟燭に近づいてくる死神を見て、慌てて思案する占吉さん。

（ああ、どうしよう、このままじゃ、死神に蠟燭の灯火を吹き消されちまう……今さら疫神退散の祈禱唱えたって駄目だろうし……待てよ、死神の奴も燭台持ってるぞ、あれが、奴の余命蠟燭なら……そうだっ、奴がこちらに来る前に、なんとか、吹き消すことができりゃ、奴を止めることが出来るかも……でも、ここからじゃ俺の吐息は届かねえし……奴が近づく前に死神自身の吐息で消させるんだ……だが、その前に、とりあえず、なにかぶつけて足止めしなきゃ。なにかねえかな……）

そう考えるや否や、急ぎ袂を探り、手当たり次第に摑んだものを取り出して、死神の顔を目掛けて投げつけます。

「これでも、食らいやがれ、死神め！」

投げつけられたものが、死神の鼻先でバッと散ります。死神たまらず半眼をつぶり、「ハ、ハックショーイ、バカヤロ、チクショーメ！」

占吉が投げつけたものは、最前、松阪屋の番頭さんから返してもらった胡椒の包みでございました。当然のごとく、死神の盛大なくしゃみによって、死神の蠟燭の灯火は消え——。

死神倒れません。

「あれ、どうして死なねえんだ」

「馬鹿だねえ、お前というものは。わしはね、もう死んでるから死神なの。だから、蠟燭の灯が消えても死なないの」

「そんなのズルい」

「神はズルしてもいいの。さっき言ったでしょっ……しかし、おかげで、いい思案になった。物語の結末は皮肉なのがいいわな。——ほれ、お前にやった胡椒の残りでお返しじゃ！」

占吉の鼻先で、大量の胡椒が炸裂、今度は占吉がくしゃみをする番でございます。

「ハ、ハックショーン」

「ハックショウーイ」

「へ、ヘックショーィ、バカヤロッ、チクショーメ！」

——と、立て続けに三回の盛大なくしゃみをいたします。

だが、しかし——余命蠟燭の灯火は消えません。

「ど、どうして消えないんだ?」慌てる死神。

占吉、したり顔で、

「あんた、くしゃみ指南の時、教えてくれたじゃねえか。くしゃみ三回は、誰かに好かれている証だって。だから愛は死をも超えるってことで——」

——と言い終わらないうちに、占吉の鼻がむずむずとしてきて、

「へ、ヘックショーィ、バカヤロッ、チクショーメ！」と四回目のくしゃみを。

占吉の余命蠟燭の灯火が消えます。


「占吉、その場に倒れる／演者、高座で倒れる」

その様を見て死神が申します。

「ほれ、見たことか。くしゃみ四回はよからぬ予兆って言っといたじゃないか——早死にするやもと……」

——その時、笑い声と拍手の音が響きます。死神がそちらのほうを向くと、そこには、無門道絡和尚の姿が。

「ああ、道絡和尚、聞いていらしたんですか？」

「うん、端から全部、聞いておった。大いに笑かしてもらったし、多少怖くもあった。何より結末の皮肉が利いているのがよい。これ、わしが落語仕立てにして『落語魅捨理全集《ミステリ》』の高座にかけても、いいかの？」

「ようございますよ。——して、その噺の外題は何と？」

「『真景 よろず指南処』——とでも」

【オチ＝解決三】

占吉が投げつけたものは、最前、松阪屋の番頭さんから返してもらった胡椒の包みでございました。当然のごとく、死神の盛大なくしゃみによって、占吉の余命蠟燭の灯火は消え——。

［占吉、その場に倒れる／演者、高座で倒れる］

――ところが。

占吉むっくり起き上がります。

死神、驚いて、

「お前、蠟燭が消えたのに、死なないのか?」

占吉、溜息をつきながら、「ああ、俺は死なねえよ」それから、机に並んだ余命蠟燭を指さして、「そこにいる俺の関係者の不幸について、あんた散々、人非人とかって言い立てたじゃねえか。――そうよ、俺は鼻つまみの人でなしだから、そもそも死ぬことなんてできないの。その点、あんたと同じ境遇だ。だから、世間は俺のことをこう呼んでる――」

みなまで言わぬうちに、死神が言葉を引き継ぎます。

「――ああ、貧乏神と……」


【オチ=解決四】

「占吉、その場に倒れる/演者、高座で倒れる」

――ところが。

占吉むっくり起き上がります。

「お前、死なないのか?」

「ああ、死なないね。――だって、あんたが教えてくれた生死の定法を外れているから」

「あ? どういうことだ?」

「あんた、死ぬ時は、枕元に坐るんだって。俺は蠟燭が消える瞬間、立っていたんだ。どこに枕元があるんだ? 頭の上になんて、禅家《ぜんけ》でも坐りようがねえだろ?」

それを聞いた死神が嘲《あざわら》笑いながら、

「――だから、それについては、こっちも言ってるじゃないか。枕元に坐るのは、臨終立ち会い料を貰うためだって。その間、余命蠟燭が消えれば、坐るか否かにかかわらず、そいつは死ぬんだよっ」

そこで、占吉、途方に暮れた表情で、「占吉の余命蠟燭が消えて、死んだのなら、ここで死神相手に喋《しゃべ》ってるのは――いったい誰なんだ?」


【オチ=解決五】

そこで、占吉、途方に暮れた表情で、「占吉の余命蠟燭が消えて、死んだのなら、ここで死神相手に喋ってるのは――いったい誰なんだ?」

「自分が誰かわからないって、『粗忽《そこつ》長屋』の住人じゃあるまいし。お前はな――」

死神が間を置かず答えます。

「死神だよ」

「え？　死神？　俺が……？」

「そうだよ。だからこうして、余命蠟燭が消えて死んでも喋ってるんだ」

「じゃあ、今までのことは――」

「――そうよ。ほれ、ここは、よろず指南処じゃろ。わしは、いままでずっと、退職後の後継ぎ養成のために、お前にあれこれ教え、『死神指南』をしていたんだ」

【オチ＝解決六】

占吉、溜息をつきながら、「ああ、俺は死なねえよ」それから、机に並んだ余命蠟燭を指さして、「そこにいる俺の関係者の不幸について、あんた散々、人非人とかって言い立ててたじゃねえか。――そうよ、俺は、元々世間的には、鼻つまみの人でなしだから、そもそも死ぬことなんてできないの。その点、あんたと同じ境遇だぁな。だから、世間は俺のことをこう呼んでるんだ――」

みなまで言わぬうちに、死神が言葉を引き継ぎます。

「――ああ、貧乏神と……」

「そうよ、だから、いろいろあったが、すべて水に流し、分野は多少違えど、同じ疫神同士ってことで、仲良くやろうじゃねえか――刎頸之友ってやつに――」

「嫌です」と、たじろぎ拒む死神。「わたしは鶏の糞なんて食いませんって！」

【オチ＝解決七】

「嫌です」と、たじろぎ拒む死神。「わたしは、鶏の糞なんて食いませんて！」

――その時、笑い声と拍手の音が響きます。死神と貧乏神がそちらのほうを向くと、そこには、無門道絡和尚の姿が。

「ああ、道絡和尚――」と貧乏神。

「――聞いていらしたんですかい？」と死神。

「うん、端から全部、聞いておった。面白い筋書きの噺だったよ、オチはイマイチだったがな」

「そいつはひどい」と貧乏神。「それじゃ、俺が貧乏神だったことも端から知ってたわけだ」

「ああ、わかっていたよ。お前さん、行く先々で貧乏の種を振り撒いとったし、自分でも、そう呼ばれとると自慢げに言うとったじゃないか」

今度は死神が、「じゃあ、ここへ貧乏神を送り込んだのも、和尚の差し金で――？」貧乏神も重ねて問います。「――すべては、坊主の企みだったってわけか？」

「そうじゃよ」とケロッとした口調で答える道絡和尚。「こ奴が寺に戻ってきた時は、貧乏神の再来に、ちと慌てたが、少し前に死神としての正体を見破り友となった貴殿に預ければエエかと思案してな」

「なんだい、無責任な思案をするもんだね」あきれ顔で死神が申します。「おかげで、疫神同士鉢合わせのややこしいことになっちゃったじゃないですか」

「うむ……いや、これでよかったという点もあるぞよ」

「なにがいいんですか?」

「縦割り行政の問題点が、これで明らかになった」

「タテワリギョーセー?」と口を揃えて問い返す死神と貧乏神。

「ああ、あんたら、一応、あの世の役人なんじゃろう? だからさぁ、貧乏奉行所と死神奉行所が、縦割りで動くんではなくて、もっと役所同士の横の連絡を密にすれば、こんな面倒くさい——あの世の血税……いや、血年貢の類を無駄遣いせずに済んだはずじゃ」

「わしはうかつにも、相手が貧乏神とは知らなんだ」と死神が申します。

「俺は相手が死神とわかっても、自分の職域と重なる割には、自分より手当も多く、畏怖《いふ》される死神に反発して、自分の身分を明かせなかった」と貧乏神が告白します。

「ほーら、な」と神々をへこませて得意顔の道絡和尚、調子に乗って余計なことを言ってしまいます。

「それにな、あんたら、貧富だの生死だのと、世間を余計な苦しみで振り回し過ぎじゃ」

「それが我々の仕事だから」と死神が言いかけたところで、道絡和尚がさらに怒らせるようなことを言ってしまいます。「——まあ、わしのように悟りを開いた禅家ならば、禅の『空無《くうむ》』の境地で、貧富や生死を超克《ちょうこく》しておるから、そんな迷いは微塵《みじん》も無いがな」

貧乏神が、「嘘つけ、さっきは寺が貧乏で参ったと言ってたじゃないか」

続いて死神も、「あんた、自分の余命蠟燭をすり替えた煩悩まみれの俗人の癖に！」と非難する。

「まあ、まあ」と取り成すような口調になった道絡和尚。「あんたらも、このままじゃ収まりがつかんじゃろうから、わしがこの面倒くさい噺にオチをつけてやろうじゃないの」

「オチ?」と貧乏神。

「和尚、さっき俺らの噺のオチはイマイチだとかぬかしたが」と死神が伝法《でんぽう》な口調で申します。「いいオチがあるんなら、言ってみなせえ」

「うむ。噺家というより禅家のつけるオチじゃが……」

「いいから、言ってみなせえ」と迫る死神と貧乏神。

「それは——」と言い、口を閉じてしまう道絡和尚。


「舞台暗転・演者、無言のまま終演……」註

註
後年語り継がれる、謎《リドル》オチとか、無舌《むぜつ》オチ（解題二参照）と呼ばれる禅の公案《こうあん》に基づく、オチのないオチの発祥である。――というのは、わたくしの作り事でございまして、落語本来のオチの分類では《途端オチ》《考えオチ》《仕込みオチ》に該当するわけですが、オチの分類というのは、ことほど左様に重複するもの。そこで、わたくし独自のオチ分類として名乗りを上げてみたわけでございます。また、舞台を暗転させる演出は六代目圓生が昭和五十年の『死神』の中で用いられておりました。

【解題二】『死神』のオチ／六代目三遊亭圓生　無門亭無舌

オリジナル『死神』の三遊亭圓朝自身による口演記録は、残されていないようであります。従って、岩波書店《いわなみしょてん》刊の『円朝全集』（二〇一六年刊）では、別巻の参考作品として、圓朝門人の二代目三遊亭金馬《さんゆうていきんば》の口演による『名づけ親（死神）』が収録されるにとどまっております。その口演記録の最後の一行は、「ヒョイと（蠟燭を）接《つご》うとする途端にプツ、アヽ消えちまった」となっておりまして、圓朝がこの噺の初演時に六代目三遊亭圓生のような《仕草オチ》を用いていた可能性は低いと思われますが、圓朝本人の口演記録が残されていない以上、「ない」と言い切ることはできません。落語に鳴物《なりもの》や大道具などや芝居がかった所作なども取り入れた祖としても知られる大圓朝のこと、演出効果のひとつとして、《仕草オチ》を仕込んだ可能性があるやも——まあ、大袈裟な言い方になりますが、個人的にはラプラスの悪魔ならぬラプラスの死神と呼びたい謎が残っているのでございます。

ただし、『名づけ親』の改作版のほうは早い時期から口演録が残されておりまして、圓朝門人の三代目三遊亭円遊《さんゆうていえんゆう》による『全快』(明治三十年)、同人による『誉の幇間《たいこ》』(明治四十年)がございます。両作とも幇間を主人公とし、死神との遣り取りも飄逸《ひょういつ》、結末も短い余命蠟燭に新生児用の新しい蠟燭を継ぎ足し、主人公も生き延びるなど、言わば、《ハッピー生還・ヴァージョン》となっております。注目すべきは、『全快』が圓朝生前に発表されているることでして、これは、原作者公認ヴァージョンと言えるのではないかと。また、『誉の幇間』に関しては、やはり圓朝門下の昭和の大名人、三代目三遊亭金馬師匠が口演記録を音盤《おんばん》として残しております。その『死神(誉れの幇間)』も、人の忌み嫌うことばかり言う幇間のキャラクターが面白く、個人的な『死神』のおススメ・ヴァージョンとなっております。次に触れる同じく昭和の三大名人の一角、六代目三遊亭圓生師匠の十八番《おはこ》『死神』と併せて、さすが、創唱者三遊亭圓朝一門、畏るべしと思い知る今日この頃でございますが——。

ここで、現在のスタンダードである圓生の《仕草オチ》の創唱者は誰なのかという疑問が湧いてまいりますが、この件については圓生ご本人の弁があるので、以下に引用しておきます。

それから、本当のサゲだったのは「あァ、消えた」と自分でいう科白《せりふ》でした。明かりがなくなって蠟燭の芯が赤くなる、その時はその男はもう息がつまっている。だから、明かりが消えた時に「あァ、消える」というのですが、やはり自分でいうのではなく、そばで見ている死神が言った方がいいと思います。それで、死神が「消えた」というその時に、蠟燭を持った手を合わそうとしたのが左右へはずれて、それで前へバタンと倒れてしまう。

これは「見立て落ち」といいましてね、サゲは見なくちゃわからないというのがこの「死神」という噺でございます。だから活字では所詮《しょせん》あらわせないわけですが、レコードでやった時はあたくしは、バタンと倒れたあと、風と鳴物は木魚をつかって凄みを出しております。（「こぼれ咄《ばなし》（死神）」『新版　圓生古典落語1』集英社《しゅうえいしゃ》文庫所収）

——この一文から、六代目三遊亭圓生師匠が『死神』の《仕草オチ》——ご本人は「見立て落ち」と称しておりますが——創唱者と見て間違いないところでしょう。ですが、ご本人が、はっきり「自作」と言っているわけではないので、次に、わたくしが考える圓生創唱説の傍証《ぼうしょう》を、箇条書きで記しておきます。

①自ら「サゲは短いほどいい」という思想を披瀝《ひれき》し、他の噺でも久生十蘭《ひさおじゅうらん》ばりの彫心鏤骨《ちょうしんるこつ》のサゲ短縮の推敲を重ねていたこと。

②噺のリアリティを重んじ、高座とレコード録音は別のリアリティを演じ分けていた。――わたくしの所持している圓生の『死神』の昭和四十一年の録音盤では、《仕草オチ》で演じているのでございますが、鳴物、木魚の演奏はないものの、倒れ伏す微かな音を聴くことができます。

③朝の日課は圓生流ヨガ体操から始めるという、驚異的な身体能力（柔軟性）を備えていたこと――つまり、身体能力が要求される《仕草オチ》に適した身体を持っていた。

④そもそも『死神』初演者の初代三遊亭圓朝自身が、活動初期の頃は、芝居を意識した仕草を取り入れた芸風だった。

⑤数少ない《仕草オチ》＝《見立てオチ》の例として『首提灯《くびぢょうちん》』が挙げられるが、この噺も六代目圓生の十八番であった。

⑥『圓生全集　第七巻』（青蛙房《せいあぼう》　昭和三十七年刊）巻末の飯島友治《いいじまともはる》との対談の中で、六代目圓生自身が『死神』のサゲについて語っているので、以下に引用しておきます。

圓生「――あたくしは、前半は特にとぼけて陽気に演《や》っておりますが、サゲはやはりこの型（陰気）がいいと思います。サゲは注意を受けて、直して演っています。元は『消えた』と言うんですね。けど、消えてしまえば、すでに命はない訳ですから『消える』と言う方がいいというので、こう直しています。消えかかって、芯が赤くなって、それが消える訳ですから、芯だけになったときに『消える』と言って前へたおれるんです」
飯島「仕草落ちですね」
圓生「ええ、見立て落ち、仕草落ちの代表的なもんですね」

【解題二】三遊亭圓朝の『死神』　無門亭無舌

『死神』という噺は、《落語家の神様》と謳われ、わたくしが勝手に落語のエドガー・アラン・ポーと呼んでおります幕末から明治時代（一九〇〇年）まで落語界に君臨した初代三遊亭圓朝が、一八一二年にドイツで出版された『グリム童話』所収の「死神の名づけ親」

を元に、明治二十年（一八八七年）頃、翻案創作したものと推定されております。『グリム童話』出版後の一八五〇年にイタリアで初演されたオペラ『クリスピーノと代母』、あるいは、そのリッチ兄弟による改作軽喜歌劇『クリスピーノと死神』と類似しているという説もございますが、童話作家北村正裕《きたむらまさひろ》氏による論考『死神のメルヘン――グリム童話と日本の落語――』の中で「死神の名づけ親」に、死神の位置（病人の頭と足元）についての言及があるのに対し、イタリア・オペラの『クリスピーノと死神』には、死神の位置の設定が欠落しているとの指摘があることから、わたくしも『グリム童話』の「死神の名づけ親」を元ネタとする説に与《くみ》したいところです（『グリム童話』原典の当該作も確認済み）。また、同論考の中では、『死神』の原話としてグリム、イタリア・オペラいずれにも先行する（わたくしの調べによると北欧起源の）『死神メルヘン』なる母型があり、十六世紀にはドイツ・イタリアに伝播していたことから、グリムとイタリア・オペラは、共通のルーツを持つ可能性が高いとの指摘もございます。

次に、圓朝が『名づけ親（死神）』を翻案創作するに至った経緯についてお話ししたいのでございますが、圓朝本人の明確な言《げん》が残されていないので、鈴木行三《すずきこうぞう》編纂の『圓朝全集』（一九六四年刊世界文庫版　底本《ていほん》は一九二八年刊春陽堂《しゅんようどう》版）所収の「三遊亭圓朝子の傳《でん》」、「圓朝遺聞」、さらに、それら一次資料を基に書かれた評伝『新版　三遊亭円朝』（永井啓夫《ながいひろお》底本は一九九八年刊青蛙房）を精査したのですが、なかなかわたくしの推測を裏付けてくれる纏《まと》まった文章が見当たらず、そんな中で意外なところに意外な人物の論考が目に留まりました。『円朝全集　別巻二』（岩波書店　二〇一六年刊）の月報収録のグエン・ズオン・ドー・クエン氏（ベトナム社会科学院研究員）の「歴史を語る円朝」と題された論考——がコンパクトに要約され、いくつか異論はあるものの、ほぼ正鵠《せいこく》を射ていると思うので、以下に、わたくしの脚註（私論も含む）を添えて要約・引用いたします。

「引用一」たった四十四年間の明治期に日本が奇跡的に近代的国家へ脱皮したと考えたり、明治政権が成し遂げた成果に注目しがちなため、民衆レベルでの近代化を見逃してしまう、という様々な不十分な認識が残っている。実際には西洋文明による文明開化の風潮が広まった反面、古い生活や風俗は根強く残り、簡単に変わることはなかった。急激な欧化主義がおさまった明治期中期には、江戸町人文化である落語は黄金期を迎えていた。そして近世・近代をまたいで生きた江戸出身の噺家、三遊亭円朝が落語界の重鎮として落語の近代化[註]に大いに貢献した。

註　維新当時、洗練・洒脱を心意気とした江戸人の気分は決して心地よいものではなかった。地方人が支配層となることに対する反感があったのだ。例えば、「上方のぜい六《ろく》どもがやってきてトンキョーなどと江戸をなしけり」という狂歌が残されている、そうした風潮に対して圓朝がどう答えたか。——彼は、江戸人として地方出身者を排斥するのでなく、地方出身者が上京して「立身出世」するという明治初期の政府の政策に沿うような『塩原《しおばら》多助《たすけ》一代記』を著し、十二万部のヒットを記録する彼の代表作となり、『小学修身《しょうがくしゅうしん》』の教科書にも採用された。つまり、圓朝本人の心中では「近世」対「近代」、「地方人」対「江戸人」という二項対立を超えた「普遍的な人生」を描きたいという意図があったのではないかと推察する。

「引用二」円朝の最も有名な作品は『怪談牡丹灯籠《ぼたんどうろう》』と『真景累ヶ淵《しんけいかさねがふち》』。[註1] 動乱の幕末期に生まれたこれらの作品にはお札や加持《かじ》という護符信仰が多く登場し、正しく民衆の不安感を表していたと読み取れる。明治初期の複雑な政治背景の下での「神仏分離」に伴う「廃仏毀釈《はいぶつきしゃく》」にみられるように、仏教という異国の宗教を追放しようとする排外政策の下で寺院や仏像が壊されたりした。[註2] 他方、文明開化策によって、荒唐無稽な迷信が排除され、怪談噺も一時は廃れた。[註3]（中略）そのような背景にもかかわらず、円朝は江戸文芸のエスプリに富んだ「人情」と「義理」を題材にし、落語を発展させた。因果応報のような仏教の理法[註4]を興味深い物語に織り交ぜて説いた円朝作の人情噺・怪談噺は、高座だけでなく、歌舞伎や大衆読み物にまで進出して行った。中江兆民《なかえちょうみん》や鮎《あい》川義介《かわよしすけ》に絶賛されたといわれるように、維新後の新しい知識人の観衆にも大いに受け入れられた。それは生まれつつある新時代の文化と、江戸の町人や庶民の生活に根強く結びついた精神文化が調和したものと言えよう。

註1　『真景累ヶ淵』の「真景」は圓朝自身が考案した「神経」の地口造語であり、本作口演の際は噺の枕で、「幽霊」は「神経病」であるという「近来」の説を紹介しながら、自ら創作した新しい怪談について講じている。圓朝の落語近代化の好個《こうこ》の例。

註2　「廃仏毀釈」政策に圓朝が被害を被ったという記述は「傳」や「遺聞」には見当たらない。むしろ、圓朝が積極的に仏教の僧侶と交流し、回向《えこう》など仏事に熱心であったことが窺《うかが》える。ことほど左様に「廃仏毀釈」政策も、圓朝にとっては左程過激な事変とは受け取られていなかった節《ふし》がある。

註3　圓朝口演の『真景累ヶ淵』の枕冒頭には「近来大きに怪談ばなしと申すは廃りまして」との言葉がある。

註4　圓朝を特徴づける仏教の理法の中には禅学が中心命題としてあることを特記しておきたい。この件については解題後段にて言及する。

［引用三］　維新後間もない文明開化を急ぐ日本社会においては西洋文化が着々と根付いて行った。大衆芸能の担い手の圓朝は中村正直《なかむらまさなお》訳『西国立志編』(Samuel Smiles著 Self Help) を読むことを弟子に勧め、イギリス人噺家Henry James Black (快楽亭ブラック) を三遊派に受け入れる等、落語の近代化に励んでいた。また外国の文学にも通じていた福地桜痴《ふくちおうち》註1や森田思軒《もりたしけん》から西洋文芸の素材を入手し、数多くの西洋翻案物を

創作している。（中略）『指物師《さしものし》名人長二《めいじんちょうじ》』（明治二十七年『中央新聞』での初連載）もギュイ・ド・モーパッサンの『親殺し』から翻案されたが、雑誌『帝国文学』での初紹介より五年早かった。

　これらの翻案物では、人物から事件や背景まで日本化された。限界もあるにせよ、同時代の東洋諸国が経験しなかった西洋文化の意欲的な摂取が如何に活発に行われていたかを興味深く読み取れる。『名人長二』では親を殺した長二を無罪と判決したのが名君の御裁断という近世的価値観を超えられない結末だが、[註2]西洋の事情とアイディアをうまく織り交ぜる円朝の創作ぶりは、近代化を急ぐ日本社会が問い掛けた演芸改良[註3]と密接に関係しており、落語界の近代化が歌舞伎等と比べ遥かに進んでいたのではなかろうか[註4]。

註1　桜痴は号で、本名は福地《ふくち》源一郎《げんいちろう》といい、幕末の幕臣であったが、明治期は、政論家、劇作家、小説家としても活躍した人物。

註2　先にも記したように、圓朝の中では、「近世」対「近代」や「西洋」対「日本」の二項対立を超えたところで「普遍的な人生」を描きたかったのではなかろうか。

註3　明治政府による度重なる風紀面での落語規制があった。

註4　圓朝以前に講談界で西洋原作の翻案物が口演されていた。また、歌舞伎界でも、落語界と期

を同じくして翻案等の近代化が進んでいた。

三遊亭圓朝が『名づけ親（死神）』を翻案創作した経緯につきましては、落語研究家山本進《やまもとすすむ》氏の論考が妥当だと思われるので、以下に『円朝全集 別巻一』（岩波書店）より、かい摘んで、わたくしの註記で補いながら引用いたします。

この二説（無舌註 グリム説・イタリア歌劇説）をめぐって山本進「演目解題」（立《りっ》風書房《ぷうしょぼう》『名人名演 落語全集』五巻）は、日本におけるグリム童話翻訳は明治二十年代（無舌註 明治二十年刊行）なので、それをもとに円朝が作ったとは考えにくいが（無舌註『名づけ親（死神）』成立時期は明治二十年と推定する説あり）、文久二年（一八六二年）の遣欧使節一行のうち誰かがヤーコプ・グリム（兄）と会見した可能性があり、その一行中に福地桜痴がいた（高橋健二《たかはしけんじ》『グリム兄弟』）ことを勘案すると、桜痴あたりがグリムの原話とオペラの両方を知り、円朝に内容を教えた可能性があるとする。さらに明治十九年三月千歳座《ちとせざ》初演、河竹黙阿弥《かわたけもくあみ》「盲長屋梅加賀鳶《めくらながやうめがかがとび》」で五代目菊五郎の死神が大評判となり、円朝もこれを大層ほめた（六代目尾上梅幸《おのえばいこう》『梅の下風』）ことを勘案し、この五代目の死神と、福地から聞いた西洋の死神とが円朝の中で結びついた可能性を提示している。

この説に付言《ふげん》しますと、福地桜痴は、三遊亭圓生の他、河竹黙阿弥などとともに、歌舞伎界のブレーンとしても知られていて、三者は盟友関係にあったようで、河竹黙阿弥＝歌舞伎界の側と三遊一派側が互いの公演に来席、応援し合ったという逸話も伝わっております。『鰍沢《かじかざわ》』など黙阿弥・圓朝共有の演目もあるほどの互助関係ではなかったかと。

『名づけ親（死神）』の元ネタについて、わたくし独自の説も付け加えさせていただきます。わたくしは、直に『死神』を教わった二代目三遊亭金馬の「（『死神』は）円朝が禅の極意から思ひついた作話ださうだ」という証言に注目いたします。

「三遊亭圓朝子の傳」によると、圓朝は生涯三度、禅に接する機会がございました。最初は十七歳の時、義兄で僧侶の永泉《えいせん》から禅の修行のように噺の稽古をせよと諭され寺で座禅を組みながら稽古をしております。二度目は明治十年頃、明治の元勲陸奥宗光《むつむねみつ》の実父伊達《だて》千広《ちひろ》から薫陶《くんとう》を受け、三度目は山岡鉄舟《やまおかてつしゅう》との『桃太郎』をめぐる公案めいた遣り取り（落語家《はなしか》の中において有名なれば、舌を動かさず口を結びて話を為《な》し得るべし）から、自ら「併《しか》し幾許《いくばく》修行しても落語家なればその舌を無くせぬ限り本心は満足せぬ」との頓悟《とんご》・禅道開眼に至り、生前から「無舌《むぜつ》」を居士《こじ》名として得ております。圓朝がそれほどまでの禅の極意に通じた禅家であったという史実を前提に『名づけ親（死神）』を吟味してみますと、そこには確かに「禅の極意」を見出すことが出来るのでございます。

禅仏教では、この世の苦が二項対立――例えば貧富とか生死とか――からくると見ます。そうした苦の二項対立を超えて「無」とするところに悟りありとするのが「禅の極意」でございます。そうした観点から『名づけ親（死神）』の話の構造を再度、吟味してみると、苦しみの根源である二項対立――貧富や生死を落とし噺に昇華――つまり「無」の境地へ誘導しようという無舌居士圓朝ならではの「公案噺」になっているのではないかと思案しました。そこで、本作の【オチ＝解決七】に《公案＝無舌オチ》として創作してみたわけですが、いかがでございましょうか？

更に圓朝の大きな功績について、もう一項言及いたします。

圓朝の噺の口演速記録の言文一致体は、日本近代文学の開祖となった二葉亭四迷《ふたばていしめい》の写実主義口語小説『浮雲《うきぐも》』に多大な影響を与えております。まさに日本文学にとっても開祖の上に隠然として君臨する――また、わたくし個人にとっては、黒岩涙香《くろいわるいこう》、江戸川乱歩《えどがわらんぽ》に先行する日本の怪奇犯罪探偵文学の高祖父なのでございます。

――そろそろ、長々と続いた野暮な解題に野次が飛びそうな塩梅でございます。追い出し太鼓の音が聴こえてまいりました。お後が宜しいようで、次巻の『落語魅捨理《ミステリ》全集』にて、また御贔屓の程、宜しくお願いいいたします。

【追記　創作落語に至る秘話】

無門亭無舌

圓朝が和物新作の創作に至ったきっかけは、師匠の三遊亭圓生の妨害行為によります。圓朝二十一歳の頃、彼が真打の公演にスケ（助演）で入った圓生が圓朝の演目を先んじて演じてしまった――しかも、連日にわたってであります。明らかに弟子の才能に対する嫉妬から生まれた行為でありますが、「傳」によると圓朝は「是《こ》れこそは師圓生が我をして励まさんとの心より態と計られしものなるべし」とし、「此の上は師匠の未だ知らざる話を、我力の及ぶだけ自ら作り、客足をば引くに如《し》かず」と考え、『累ヶ淵』などの名作を生みだした圓朝、その後も自らの言葉通り、再び圓生からの屈辱的な事件を経験しながらも、最期まで年老いた師匠の面倒を健気にみております。

――さすが、禅家・噺家圓朝の面目躍如《めんもくやくじょ》、『塩原多助一代記』のように道徳の教科書に採用してもよろしいようなエピソードでございます。人生何が幸いするかわかりません。わたくしの大好きな創作逸話として、ここにご紹介いたしました。

初出一覧

「首屋斬首の怪」　『奇想天外　21世紀版　アンソロジー』（南雲堂／二〇一七年）
「毒饅頭怖い――推理の一問題」　『7人の名探偵　新本格30周年記念アンソロジー』（講談社ノベルス／二〇一七年）
「紙入れの謎一寸徳兵衛」　『刑事コロンボの帰還』（二見書房／二〇二〇年）
「ふたなりの首吊り人」　Mephisto Readers Club「ＭＲＣノベル」（講談社／二〇二一年六月六日～七月四日連載）
「真景　よろず指南処　坊主の企み」　Mephisto Readers Club「ＭＲＣノベル」（講談社／二〇二二年一〇月二六日～十一月二一日連載）

落語魅捨理全集《らくごミステリぜんしゅう》 坊主《ぼうず》の企《たくら》み

二〇二三年十一月二七日 第一刷発行

[著者] 無門亭無舌《むもんていむぜつ》

[発行者] 太田克史《おおたかつし》

[編集担当] 丸茂智晴《まるもともはる》

[本文データ制作] 三本絵理《みもとえり》

[校閲] 鷗来堂《おうらいどう》

[発行所] 株式会社 星海社
〒112-0013 東京都文京区音羽1-17-14
音羽YKビル4F
電話 [編集] 03-6902-1730
[FAX] 03-6902-1731
https://www.seikaisha.co.jp

[発売元] 株式会社 講談社
〒112-8001 東京都文京区音羽2-12-21
電話 [販売] 03-5395-5817
[業務] 03-5395-3615

[印刷所] TOPPAN株式会社

[製本所] 大口製本印刷株式会社

定価はカバーに表示してあります。
落丁本・乱丁本は購入書店名を明記の上、講談社業務あてにお送りください。送料負担にてお取り替え致します。なお、この本についてのお問い合わせは、星海社あてにお願い致します。

ISBN978-4-06-533858-2
N.D.C.913 237p 19cm